À jamais conquise

Barbara Cartland est une romancière anglaise dont la réputation n'est plus à faire.

Ses romans variés et passionnants mêlent avec bonheur aventures et amour.

Vous retrouverez tous les titres disponibles dans le catalogue que vous remettra gratuitement votre libraire.

Barbara Cartland

À jamais conquise

Traduit de l'anglais
par Marie-Noëlle Tranchart

Titre original :

CHANGE PLACES WITH LOVE

Copyright © Barbara Cartland
Pour la traduction française :
© Éditions J'ai lu, 2003

1

1892

— Mademoiselle Virginia ?
— Oui, Helen ?
— Monsieur vous demande.

La jeune fille, qui était en train d'enfiler ses bottes d'équitation, ne cacha pas son inquiétude.

Que pouvait bien lui vouloir son beau-père ? Chaque fois qu'il la faisait appeler, c'était pour lui annoncer une nouvelle déplaisante... Ou bien il avait décidé de recevoir des gens dont l'éducation laissait à désirer. Des gens qui, du vivant des parents de Virginia, n'auraient jamais mis le pied au château. Ou bien il voulait lui présenter un jeune homme qui, selon lui, ferait le meilleur des maris...

Virginia se montrait polie, mais très froide, tant avec les invités indésirables qu'avec des prétendants auxquels elle n'aurait jamais adressé un second regard au cours d'une soirée à Londres.

Elle soupira.

— De quoi s'agit-il aujourd'hui, Helen ?
— Ah, si je le savais, mademoiselle Virginia ! Mais Monsieur n'a pas l'habitude de me faire de confidences.

La jeune fille jeta un coup d'œil à la fenêtre. Il faisait un temps magnifique. Une légère brise agitait les feuilles des grands chênes et le soleil brillait dans un ciel très bleu où flottaient quelques nuages floconneux.

— Moi qui étais sur le point de faire une grande promenade dans les bois avec Sariette...

— Bah, vous monterez Sariette un peu plus tard, mademoiselle Virginia.

La jeune fille demeurait soucieuse. Pourvu que son beau-père ne lui apprenne pas qu'il avait décidé de rentrer à Londres ! Elle était si heureuse à la campagne, au milieu de la nature, avec ses chiens et ses chevaux...

Après s'être coiffée d'un petit feutre orné d'une plume de faisan, elle prit sa cravache.

— Où trouverai-je Monsieur, Helen ?

— Il est dans son bureau, mademoiselle Virginia.

— *Son* bureau, répéta la jeune fille en pinçant les lèvres.

Elle n'avait jamais admis que son beau-père prenne la place de son père, le comte de Storrington.

Soit, sa mère se sentait très seule après la mort d'un mari qu'elle adorait. Cela, Virginia le comprenait... Mais pourquoi avait-il fallu qu'elle épouse le premier venu ? Pourquoi avait-il fallu que ce soit, justement, ce M. Chartham ?

La jeune fille devait admettre que ce richissime armateur avait su rendre sa mère heureuse. Il la couvrait de cadeaux et la traitait comme une princesse...

À sa façon, il l'aimait. Et il avait été désespéré quand elle était morte des suites d'une mauvaise grippe au cours de l'hiver dernier.

Désormais, Virginia dépendait de son beau-père, qui avait été nommé son tuteur. Que cela lui plaise ou non, elle lui devait respect et obéissance... Et cela, jusqu'à ce qu'elle atteigne sa majorité. Il en allait de même pour Henry, son frère cadet, un adolescent de treize ans en pension à Eton.

Plus tard, Henry entrerait en possession du château, des domaines et de l'hôtel particulier de Londres, tout comme il avait hérité du titre. Mais en attendant, il se trouvait lui aussi sous la tutelle de M. Chartham.

La fortune des Storrington n'aurait pas pu être mieux administrée que par cet homme d'affaires d'une parfaite intégrité, Virginia le reconnaissait.

« Ah, si seulement il avait un peu plus de tact... et s'il était mieux élevé ! » se disait-elle.

Comme si cela allait de soi, M. Chartham s'était imposé à la place du défunt. Or Virginia ne pouvait pas supporter de le voir assis derrière l'imposant bureau en marqueterie qui avait été celui de son père. Pas plus qu'au bout de la longue table en acajou de la salle à manger... Et lorsqu'elle pensait que M. Chartham dormait dans le grand lit à baldaquin qui avait été celui des comtes de Storrington depuis des générations, sa colère ne connaissait plus de bornes !

Grâce au ciel, cette situation n'était que provisoire. Un jour, Henry pourrait faire valoir ses droits et les choses rentreraient dans l'ordre. Mais ce jour-là était encore loin !

« Je serai probablement mariée à ce moment-là », pensa Virginia.

Elle espérait bien faire un mariage d'amour. Pas question de s'intéresser aux messieurs que lui présentait son beau-père ! Ils étaient tous très riches, mais bien mal dégrossis, ces commerçants ou ces entrepreneurs rêvant d'épouser une jeune aristocrate, dans le seul but de se voir ouvrir les portes de la haute société.

Rencontrerait-elle un jour celui qui lui était destiné ? Celui qui l'aimerait autant qu'elle l'aimerait ? Virginia commençait à se demander si cet homme-là existait… En tout cas, aucun de ceux qui l'avaient invitée à danser lorsqu'elle avait fait son entrée dans le monde, un an auparavant, n'avait réussi à faire battre son cœur.

Et maintenant, elle ne pouvait pas songer à aller virevolter dans les salons. Elle pleurait encore sa mère et Sa Majesté la reine Victoria se montrait extrêmement stricte au sujet du respect des périodes de deuil.

Tout en descendant le grand escalier d'honneur du château, Virginia continuait à se demander pourquoi son beau-père la faisait appeler de si bon matin.

« Qu'a-t-il bien pu inventer, cette fois ? S'il m'oblige à aller à Londres, je m'y ennuierai terriblement puisque les mondanités me sont interdites. Je devrai simplement me contenter de faire quelques tours au petit trot à Hyde Park… »

Le vieux majordome qu'elle connaissait depuis toujours se trouvait dans le hall.

— Bonjour, mademoiselle Virginia. Monsieur vous attend.

— Que me veut-il, Brixton ? Le savez-vous ?

— Je n'en ai pas la moindre idée, mademoiselle Virginia.

Le majordome ouvrit la porte du bureau et annonça la jeune fille cérémonieusement :

— Mademoiselle Virginia de Storrington, monsieur !

M. Chartham, qui était en train d'étudier un épais registre relié de toile noire, le ferma brusquement avant d'adresser à sa belle-fille un coup d'œil peu amène.

— Vous voilà enfin, mademoiselle ! lança-t-il sans juger utile de se lever.

— Vous aurais-je fait attendre, monsieur ? Je suis venue dès que ma femme de chambre m'a annoncé que vous souhaitiez me voir.

— Si cela avait été pour monter à cheval ou pour danser, je suis sûr que vous auriez été plus vite.

Il désigna l'un des fauteuils qui s'alignaient en face du bureau.

— Asseyez-vous, j'ai à vous parler.

Ce préambule dépourvu d'amabilité ne disait rien qui vaille à la jeune fille !

— Je vous écoute, monsieur, murmura-t-elle.

Il prit tout son temps pour l'examiner de la tête aux pieds. Puis il haussa les épaules.

— À quoi bon y aller par quatre chemins ? Je sais, mademoiselle, que vous ne m'aimez pas et que vous m'avez toujours considéré comme un intrus.

La stupeur laissa Virginia sans voix. Elle était loin de s'attendre à une pareille attaque ! Que répondre ? Se récrier ? Ce serait mentir... Car, en vérité, elle n'avait jamais éprouvé que de l'antipathie pour son beau-père. Or ce dernier, qui était un homme intelligent, s'en était forcément rendu compte.

— Non, vous ne m'aimez pas, répéta-t-il. Et je vous avouerai que, pour ma part, je ne tiens guère en estime une petite péronnelle qui n'a jamais caché qu'elle me méprisait.

Virginia se sentit rougir.

— Je... je ne vous méprise pas, monsieur.

Avec un visible effort, elle enchaîna :

— Je vous suis au contraire reconnaissante d'avoir rendu ma mère heureuse.

D'un geste de la main, il balaya les protestations de la jeune fille avant de lancer d'un ton sec :

— Cela n'empêche pas que ma présence vous insupporte. Je ne suis pas aveugle, figurez-vous !

Il s'empara du coupe-papier en or du comte de Storrington, et, pour marteler chacune de ses syllabes, se mit à le frapper en cadence sur le buvard du sous-main.

— J'ai donc décidé, mademoiselle, que nous allions mener chacun notre vie de notre côté.

Oh, mais ce n'était pas une si mauvaise nouvelle que cela ! Bien au contraire ! Soulagée, Virginia ne prit pas le temps de réfléchir pour suggérer :

— Vous pourriez aller à Londres, où vos affaires vous réclament, tandis que je resterais ici.

M. Chartham haussa les sourcils.

— Tiens donc ! Est-ce à vous d'organiser les choses ?

Pendant que la jeune fille rougissait de nouveau, il poursuivit :

— Permettez-moi de vous rappeler, mademoiselle, que vous n'avez pas à prendre la moindre décision. Auriez-vous oublié que je suis votre tuteur et que vous me devez obéissance ?

La jeune fille baissa la tête.

— C'est *vous* qui allez quitter le château ! déclara M. Chartham d'un ton sans appel. Pas moi, désolé !

Virginia eut l'impression que tout s'écroulait autour d'elle.

— Vous... vous voulez que je parte d'ici ?
— Oui.
— Mais c'est ma maison ! Je suis née au château !
— Et alors ?
— Vous... vous ne pouvez pas...

Il ne la laissa pas en dire davantage.

— Je vous envoie à l'étranger, mademoiselle.
— Ah, bon ! À l'étranger ?

Virginia, qui adorait voyager, se rasséréna immédiatement. Un voyage ? Au fond, elle n'était pas trop à plaindre !

— Dans quel pays avez-vous l'intention de...

De nouveau, son beau-père l'interrompit :

— Vous devriez être contente : vous allez pouvoir quitter ces robes sombres qui vous font ressembler à une vilaine corneille pour remettre vos jolies toilettes couleur pastel.

La jeune fille se mordit la lèvre inférieure.

— Mais Sa Majesté...

— Bah, la reine ne sera pas là pour le savoir ! Et à l'étranger, qui se souciera de savoir si vous êtes ou non en deuil, je vous le demande ?

La jeune fille était tellement lasse de ne porter que du noir qu'elle ne protesta pas.

— Il paraît que l'étude des langues vous intéresse ? reprit M. Chartham.

Sans attendre sa réponse, il poursuivit :

— Vous allez donc apprendre l'allemand à Hambourg, chez l'un de mes amis, un armateur tout comme moi.

Déjà, la jeune fille était moins enthousiaste.

— Je possède déjà quelques notions d'allemand, déclara-t-elle. Si je dois me rendre à l'étranger pour perfectionner une langue, je préférerais que ce soit l'italien, car...

Encore une fois, son beau-père lui coupa la parole.

— Étant donné que vous avez passé plus d'un an à Florence, vous devriez parler l'italien couramment. De toute manière, vos préférences m'importent peu. Je me suis déjà arrangé avec le baron Lueger. Il vous attend !

— Mais...

11

Son beau-père la fixa d'un regard dur.
— Pas de mais, mademoiselle.
Sa voix claqua comme un coup de fouet :
— Tout est arrangé !

Quelques jours plus tard, vêtue d'un élégant ensemble de voyage en léger drap bleu pâle, Virginia embarqua à Douvres à bord d'un bateau en partance pour Hambourg.

Sachant à l'avance que ce serait inutile, elle n'avait pas cherché à faire revenir son beau-père sur sa décision. Et, à vrai dire, elle n'était pas fâchée de quitter le château de Storrington où l'ambiance devenait de plus en plus pesante.

Certes, elle aurait préféré retourner en Italie, un pays avec lequel elle s'était sentie immédiatement en symbiose. Mais, d'un autre côté, cela l'intéressait beaucoup de découvrir l'Allemagne et sa culture millénaire.

La vieille demoiselle qui l'avait accompagnée jusqu'à Douvres reprit aussitôt le train en sens inverse. M. Chartham avait en effet jugé inutile qu'elle fasse le voyage jusqu'à Hambourg, puisque le baron et la baronne Lueger avaient promis de se trouver sur le quai pour accueillir la voyageuse à l'arrivée du bateau.

Virginia n'était pas sujette au mal de mer. Elle avait eu l'occasion de le vérifier lors de ses nombreuses traversées de la Manche, ainsi qu'au cours de la croisière en Grèce qu'elle avait faite avec ses parents, il y avait de longues années de cela.

Le voyage se passa sans histoire. Comme il faisait relativement beau, la jeune fille put passer la plus grande partie de son temps sur le pont.

Lorsque, à l'arrivée à Hambourg, les marins sautèrent à terre pour amarrer le ferry-boat, ce fut avec une certaine appréhension qu'elle regarda la foule qui s'agitait en tous sens sur le quai.

Était-on venu la chercher comme prévu ? Elle n'avait jamais vu les Lueger. Comment les reconnaître au milieu de cette véritable mer de visages ?

Elle avait tort de s'inquiéter. Un steward s'approcha d'elle.

— Mademoiselle de Storrington, n'est-ce pas ?
— C'est bien cela.
— Le baron Lueger...

Ce dernier, un quadragénaire corpulent au visage empâté, aux yeux pâles, légèrement globuleux, et aux cheveux blonds déjà rares, glissa un pourboire dans la poche du steward avant de s'incliner devant la jeune fille.

— Quel plaisir de vous recevoir, mademoiselle ! dit-il dans un anglais teinté d'un fort accent germanique.

— Tout le plaisir est pour moi, rétorqua-t-elle poliment en allemand.

— Vous parlez déjà notre langue !
— Un peu. Très peu... Je vous remercie d'être venu jusqu'au port...

— Je n'allais pas vous laisser prendre un fiacre toute seule !

La manière dont cet homme la détaillait déplut profondément à Virginia. C'était presque... comme s'il la déshabillait.

Déjà méfiante, la jeune fille commença :
— La baronne...
— Ma femme avait un peu de migraine. Cela lui arrive souvent et elle a préféré se reposer.

Laissant les porteurs mettre les bagages de son invitée dans la malle arrière d'une élégante calèche, le baron la prit par la taille pour l'aider à gravir le marchepied. Il eut l'inconvenance de garder sa main sur la hanche de la jeune fille beaucoup plus de temps qu'il ne convenait...

Virginia se sentait de plus en plus mal à l'aise. Elle tenta de se rassurer.

« Je suis un peu fatiguée par le voyage, je me fais des idées... »

Cinq minutes plus tard, la voiture s'ébranlait.

— Hambourg, l'un des plus grands ports d'Europe ! déclama le baron. On l'a promue ville impériale au début du XVIe siècle...

— Je l'ai lu dans des livres d'histoire, en effet. J'ai hâte de visiter cette ville ancienne, construite au confluent de l'Elbe et de l'Alster...

— C'est l'une des plus belles d'Allemagne, assura le baron avec fierté.

Il enveloppa la jeune fille de son regard globuleux.

— À propos de beauté, je dois dire que vous aussi, vous êtes bien jolie, mademoiselle !

— Je vous en prie, ne me faites pas de compliments, murmura-t-elle avec embarras.

— Pourquoi ?

— Parce que cela me gêne.

Elle n'ajouta pas qu'un homme marié ayant largement dépassé la quarantaine n'était pas censé parler ainsi à une jeune fille.

« Si encore c'était un jeune dandy, cela pourrait se comprendre ! Mais de la part d'un gros monsieur aussi peu séduisant, ces louanges me semblent fort déplacées ! »

— Je vous trouve jolie, je vous le dis. Où est le mal, s'il vous plaît ?

Et dans un éclat de rire, il ajouta :

— Les Allemands s'expriment avec plus de franchise que les Anglais, vous vous en rendrez bien vite compte. Entre nous, je vous avouerai que j'ai toujours trouvé vos compatriotes un peu... coincés. Ha, ha !

Virginia ne répondit pas. Les manières de cet homme lui déplaisaient beaucoup... Mais en même temps, elle n'était pas surprise.

« Puisque le baron Lueger est un ami de mon beau-père, je ne pouvais pas m'attendre à autre chose, pensa-t-elle, résignée. Espérons que sa femme sera moins vulgaire et que je pourrai m'en faire une amie... »

Elle fut bien déçue, car ce fut sans le moindre enthousiasme que la baronne l'accueillit dans un hôtel particulier cossu situé au centre de la ville.

Cette demeure ancienne aurait pu être très agréable si elle avait été décorée avec goût. Hélas, tout était sombre, les meubles comme les tapisseries. Quant aux doubles rideaux en velours brun ornés de franges à pompons, ils cachaient en grande partie la lumière du jour. Pourtant, le jardin que l'on apercevait derrière les hautes fenêtres semblait bien joli !

La baronne lui adressa un sourire contraint.

— M. Chartham, votre beau-père, nous a dit que vous aviez très envie d'apprendre l'allemand, dit-elle dans un mauvais anglais.

Comment Virginia aurait-elle pu avouer que, en réalité, elle aurait préféré aller en Italie ?

— J'ai toujours été intéressée par l'étude des langues, rétorqua-t-elle dans la langue de Goethe.

— Oh ! Vous avez déjà quelques notions de notre langue ?

— Je suis capable de former quelques phrases simples, mais j'ai bien besoin de me perfectionner.

La baronne pinça les lèvres.

— Vous auriez fait des progrès beaucoup plus rapides dans une institution spécialisée.

Dès le premier instant, Virginia avait compris que cette femme d'âge moyen, lourde et sans grâce, n'avait aucune envie de recevoir chez elle une jeune fille d'à peine dix-neuf ans.

— Ma chère Gudrun, il faut que vous montriez sa chambre à notre invitée, dit le baron d'un ton jovial.

Tout en accompagnant Virginia au premier étage, la baronne déclara du bout des lèvres :

— Honnêtement, je ne comprends pas pourquoi M. Chartham a jugé bon de vous envoyer ici.

Virginia ne pouvait pas décemment expliquer que son beau-père et elle-même ne s'entendaient guère, et qu'il avait trouvé cette manière de l'éloigner... Peut-être aussi de la punir, car on ne semblait guère s'amuser dans cette demeure sinistre.

La baronne confirma ses soupçons.

— Vous allez vous ennuyer horriblement.

La jeune fille s'efforça de faire contre mauvaise fortune bon cœur.

— Bah ! Je suis surtout venue pour étudier. Je ne m'attends pas à aller danser tous les soirs.

La baronne eut un ricanement déplaisant.

— Si vous croyez que nous allons au bal !

Avant de sortir de la pièce, elle se retourna.

— Les domestiques vont monter vos bagages. Je vous laisse vous installer...

Elle indiqua une porte située au fond de la chambre.

— Vous remarquerez que nous disposons du confort moderne. Vous aurez droit à votre propre salle de bains.

— Merci...

— Le dîner sera servi à huit heures. Tâchez d'être ponctuelle !

Là-dessus, elle marmonna quelques mots dans un allemand très rapide. Virginia devina sans peine qu'il ne s'agissait pas d'amabilités...

« Eh bien, je vois que mon séjour à Hambourg s'annonce sous les meilleurs auspices ! » se dit-elle avec ironie.

La baronne était déjà son ennemie. Le baron semblait vouloir flirter... Et pour tout arranger, elle allait devoir rester enfermée dans sa chambre jusqu'à l'heure du dîner !

Quelques jours s'écoulèrent. Plus le temps passait, plus les premières impressions de la jeune fille se confirmaient.

Autant le baron Lueger se montrait empressé, autant la baronne était désagréable. Pour éviter d'avoir à subir la compagnie d'une femme qui ne manquait pas une occasion de lui faire sentir qu'elle n'était pas la bienvenue, Virginia passait la plus grande partie de ses journées dans sa chambre. Ce qui n'était pas la meilleure façon de faire des progrès en allemand !

Pour tout arranger, il pleuvait tout le temps. Comme l'avait prévu la baronne, la jeune fille s'ennuyait. Oui, elle s'ennuyait horriblement !

Le baron partait de bonne heure le matin pour son bureau et ne rentrait que le soir. À vrai dire, Virginia préférait cela. Les regards suggestifs de ce coureur de jupons la mettaient mal à l'aise. De plus, il ne manquait pas une occasion de la frôler...

La baronne se rendait-elle compte de ce petit manège ? Vraisemblablement. Elle devait connaître les faiblesses de son mari ! Si elle avait accueilli aussi mal Virginia, c'était tout simplement parce qu'elle était jalouse. Et, malheureusement, elle avait de bonnes raisons de l'être !

« Que faire ? » se demandait parfois la jeune fille.

Elle avait l'impression d'étouffer dans cette maison à l'atmosphère confinée où les domestiques se déplaçaient comme des ombres, sans jamais lui adresser la parole.

Si seulement quelqu'un venait de temps en temps sonner à la porte, cela aurait représenté une diversion ! Hélas, les Lueger ne recevaient pas et ne semblaient pas être invités non plus. Virginia restait seule la plupart du temps, si bien qu'elle ne faisait guère de progrès en allemand.

Réussirait-elle à passer plusieurs mois à Hambourg, comme le souhaitait son beau-père ? Elle en doutait... Car elle se rendait compte que la situation allait vite devenir intenable entre un homme trop entreprenant et une femme qui la détestait.

La solution ? Retourner en Angleterre. Mais si, de sa propre initiative, Virginia décidait de rentrer à Storrington, elle savait déjà que M. Chartham le prendrait très mal.

« Jamais il ne voudra croire que son ami ne cessait de m'importuner... »

Par moments, elle se demandait si son imagination ne lui jouait pas des tours. Était-il possible qu'un homme assez âgé pour être son père se permette de telles libertés ? Après tout, elle lui avait été confiée !

« Mais je ne dois pas oublier que c'est un Allemand... Ceux-ci traitent peut-être les femmes d'une manière plus familière que les Anglais ? »

Même si elle tentait de trouver des explications au comportement du baron, elle savait bien, au fond d'elle-même, qu'il dépassait les bornes.

Ce fut encore plus flagrant ce soir-là. Après dîner, le baron profita d'un moment où sa femme était allée donner quelques ordres à la cuisine pour s'emparer de la main de la jeune fille.

— Vous êtes si jolie, si fraîche... C'est bien simple : vous me rendez fou !

Non, aucun homme marié ne devait s'adresser à une débutante en ces termes !

Virginia tenta de lui retirer sa main, mais les forces étaient inégales. Il se pencha et déposa un baiser brûlant sur sa paume.

Elle se raidit.

— Monsieur ! protesta-t-elle.
— Laissez-moi faire... murmura-t-il d'une voix rauque.

La jeune fille avait déjà remarqué qu'il avait tendance à boire trop. Ce soir-là, pendant le dîner, il avait avalé près de deux bouteilles de cet excellent vin blanc fruité dont elle n'acceptait jamais qu'un doigt.

— Votre peau est douce, parfumée...

Ses lèvres se posèrent cette fois sur le poignet de Virginia, puis au creux de son coude.

— Oui, vous me rendez fou !
— Lâchez-moi !
— Laissez-moi faire ! répéta-t-il. Je vous...

La jeune fille ne sut jamais ce qu'il allait lui dire, car une porte claqua dans le hall. Aussitôt, le baron se redressa, courut s'asseoir au bout du salon et déploya un journal devant lui.

Feignant d'être absorbé par sa lecture, il ne leva même pas les yeux quand sa femme les rejoignit, le visage plus dur, plus pincé que jamais.

Elle fixa Virginia d'un regard plein de haine. Avait-elle vu quelque chose ? Entendu quelque chose ?

Cela semblait impossible... à moins qu'elle ne les ait surveillés par le trou de la serrure !

La jeune fille se sentit prise en faute, alors qu'elle n'était en rien coupable. Jamais elle n'avait donné au baron un quelconque encouragement ! Bien au contraire !

D'ailleurs, comment aurait-elle pu s'intéresser à un homme aussi peu séduisant ? Corpulent, le cheveu rare, il n'avait pas grand-chose pour plaire !

« Quand je pense qu'un homme d'âge mûr, déjà marié, ose me faire la cour... se dit la jeune fille, sidérée. Drôle de prince charmant ! »

Même si elle n'éprouvait aucune sympathie pour la baronne, elle avait pitié d'elle. Cette grande femme froide et laide souffrait, c'était évident.

« Cela ne peut pas continuer ainsi, décida soudain Virginia. Je vais partir : il n'y a pas d'autre solution. Mon beau-père sera furieux... tant pis ! Je préfère encore faire face à la colère de M. Chartham plutôt que de me retrouver entre les Lueger. La situation est devenue intenable. »

Dès ce soir, elle ferait ses bagages. Puis elle se rendrait au port et prendrait le premier ferry-boat en partance pour l'Angleterre.

Sa résolution prise, elle se leva et fit une petite révérence.

— Bonsoir, madame. Bonsoir, monsieur.

Derrière son journal, le baron répondit par un grognement. Sa femme se contenta de toiser leur invitée avec dégoût. Si Virginia avait été une bête immonde traînant sur ce tapis sombre, la baronne n'aurait pas eu une autre expression...

Pas fâchée d'avoir pris une décision, la jeune fille gravit l'escalier quatre à quatre.

« Ouf, l'épreuve est finie ! se dit-elle avec soulagement. Demain, je ne serai plus là ! »

Une fois dans sa chambre, elle sortit ses valises d'un placard. Elle n'en avait pas moins de quatre ! Certes c'était plus commode qu'une malle à transporter, mais qui se chargerait de tout cela ?

Virginia n'allait pas se laisser arrêter par un détail aussi insignifiant.

« Bah, je me débrouillerai bien ! »

Le lendemain matin, elle était en train de boutonner la jaquette de son ensemble de voyage quand elle entendit une voiture s'arrêter devant le perron. Machinalement, elle alla jeter un coup d'œil à la fenêtre.

Un cocher en livrée retenait les chevaux de la calèche qui, chaque jour, conduisait le baron à son bureau.

Avant de gravir le marchepied, il se tourna vers l'hôtel particulier. Ses yeux rencontrèrent ceux de la jeune fille, qui, sans réfléchir, avait soulevé le rideau. Du bout des doigts, il lui adressa un baiser.

En hâte, Virginia se rejeta en arrière.

Oui, la situation était devenue absolument impossible !

À peine la voiture avait-elle disparu au coin de la rue que l'on frappa à sa porte. Sans attendre la réponse, la baronne entra comme une furie.

— Faites vos bagages ! Je ne veux pas que vous restiez une seconde de plus ici.

— Il n'en est pas question, madame. Comme vous pouvez le constater, mes valises sont déjà prêtes.

La baronne parut quelque peu décontenancée.

— Quoi ? Vous vous apprêtiez à partir ?

Jugeant toute explication inutile, la jeune fille ne répondit pas.

— Je n'en crois pas un mot! s'écria la baronne avec colère. Il s'agit encore de l'une de vos manigances!

Que rétorquer? De nouveau, Virginia préféra demeurer silencieuse.

— Vous vous êtes entendue avec mon mari! Je suis sûre qu'il va vous installer dans un petit nid discret en ville!

La jeune fille se raidit.

— Jamais!

La baronne eut un rire dur.

— On les connaît, les saintes nitouches de votre genre!

Rageusement, elle frappa du pied.

— Mais je ne suis pas femme à me laisser faire! Je savais bien qu'en vous accueillant dans ma demeure, je laissais entrer le diable!

« Elle est folle, pensa Virginia. À sa décharge, on peut dire qu'avec un mari aussi volage que le sien, elle a de bonnes raisons pour se méfier. »

— Vous me prenez vraiment pour une idiote! fulmina la baronne. Si vous croyez que je n'ai pas vu votre petit manège! Dès j'ai le dos tourné, ce sont aussitôt des sourires, des signes, des clins d'œil...

Virginia ne disait toujours rien.

— Mais ces petits jeux-là sont finis! Maintenant, mademoiselle, dehors! Je vais vous conduire moi-même au port. Et pour m'assurer que vous êtes bien partie, je resterai sur le quai jusqu'à ce que le bateau ait largué les amarres! Si vous croyez que je vous laisserai aller retrouver mon mari!

« Qui peut s'intéresser à un homme aussi peu séduisant que votre mari? » aurait volontiers riposté la jeune fille.

Mais elle n'avait aucune envie de se lancer dans une querelle de chiffonnières avec cette femme que la jalousie avait rendue aussi aigrie et malheureuse.

« Elle est plutôt à plaindre, pensa-t-elle. Quant à moi, je n'ai pas à me sentir coupable, puisque je n'ai absolument rien à me reprocher. »

Après avoir vérifié que les placards étaient bien vides, la baronne sonna. Une femme de chambre apparut quelques instants plus tard.

— Demandez à deux valets de descendre ces bagages, ordonna la maîtresse de maison. Et envoyez le majordome aux écuries pour commander une voiture.

— Tout de suite, madame la baronne.
— Je suis pressée.
— Très bien, madame la baronne.

La femme de chambre adressa un coup d'œil par en dessous à Virginia. Elle connaissait ses maîtres et devait bien se douter de ce qui se passait...

La jeune fille s'efforçait de garder son calme. Pourtant, elle était elle aussi très en colère.

« Je n'ai rien fait de mal et je trouve profondément injuste d'être jetée à la porte comme une malpropre. Mais je garderai ma dignité jusqu'au bout... Cependant, une fois de retour à Storrington, je n'hésiterai pas à mettre mon beau-père au courant du comportement du baron », se promit-elle.

Là-dessus, elle prit son sac et, après avoir enfilé ses gants, elle descendit l'escalier.

La baronne la rejoignit dans le hall, tout en se coiffant d'un vilain chapeau gris orné de fleurs violettes.

Sans mot dire, le majordome ouvrit la porte.

— La voiture est là, madame la baronne. Les valets ont déjà mis les valises dans la malle arrière.

— Merci, fit-elle d'un ton sec.

Le majordome, lui aussi, regardait la jeune fille par en dessous. Il ne lui dit pas un mot. Même pas au revoir...

« Ah, quelle ambiance! se dit Virginia. Quelle ambiance détestable... Je ne suis pas fâchée de quitter cette maison! Je vais enfin pouvoir respirer plus librement!»

— Au port! ordonna la baronne au cocher.
— Bien, madame la baronne.

Un valet ferma les portières. Puis la voiture s'ébranla au trot cadencé de deux grands bais.

Pas un mot ne fut échangé pendant le trajet entre l'hôtel particulier des Lueger et le port.

Lorsque le cocher s'arrêta devant un bâtiment d'aspect administratif, la baronne s'apprêta à sortir.

— Vous, vous ne sortez pas d'ici pour le moment, dit-elle en menaçant la jeune fille du doigt.

Elle disparut à l'intérieur du bâtiment et revint cinq minutes plus tard avec un petit carnet rectangulaire.

— Voilà votre billet. Vous allez embarquer à bord du premier bateau en partance! annonça-t-elle.

Et, à l'adresse du cocher:

— Conduisez-nous au bout du quai ouest. C'est là que se trouve amarré le *Wilhelm II*.

— Le quai ouest, madame?
— C'est cela. Et tâchez de vous dépêcher! Le *Wilhelm II* est sur le point d'appareiller!

Il s'agissait d'un petit paquebot à la coque noire et aux superstructures rouge et blanc, battant pavillon allemand, dont les moteurs ronronnaient déjà.

— Vous ne pouvez pas vous plaindre, mademoiselle! lança la baronne. Je vous ai acheté un billet de première.

— Merci, fit la jeune fille du bout des lèvres.

La baronne ricana.

— Oh, ne me remerciez pas! Je ne suis pas fâchée de vous voir partir.

Cette fois, Virginia ne put s'empêcher de lancer :

— Quant à moi, je ne suis pas fâchée de quitter une demeure où j'ai été si mal accueillie!

— Je n'en crois pas un mot! tempêta la baronne.

Virginia devina qu'elle préférait charger les prétendues séductrices de son mari de tous les péchés du monde, plutôt que d'admettre que ce dernier n'était qu'un incorrigible coureur de jupons.

« Pauvre femme! » pensa-t-elle.

Le hululement d'une sirène s'éleva. Le *Wilhelm II* était sur le point de s'écarter du quai...

— Attendez! cria la baronne aux marins qui venaient de sauter à terre et s'apprêtaient à larguer les amarres.

Le valet et le cocher s'emparèrent des valises de la jeune fille et coururent à bord. Dès que Virginia ouvrit la portière, la baronne la poussa dehors sans douceur.

— Bon voyage! lança-t-elle.

À mi-voix, elle ajouta :

— Et bon débarras!

— Adieu, madame, fit Virginia avec ironie. Merci pour votre aimable hospitalité.

Et sans se retourner, tête haute, elle se dirigea vers la passerelle. À peine avait-elle mis le pied sur le pont que, derrière elle, on relevait la passerelle.

L'officier chargé d'accueillir les passagers, qui avait suivi de loin toute la scène, s'écria en allemand :

— Eh bien, vous avez eu de la chance! À trente secondes près, vous manquiez votre bateau!

— Oui, j'ai eu de la chance, fit la jeune fille en écho.

Lentement, le *Wilhelm II* se dirigea vers la mer. Là-bas, sur le quai ouest, la silhouette de la baronne se rapetissait d'instant en instant. Lorsqu'elle comprit qu'elle avait vraiment réussi à se débarrasser de «l'intrigante» qui voulait lui voler son mari, elle se décida à remonter en voiture.

— Avez-vous votre billet, madame? demanda l'officier, toujours en allemand.

Virginia s'aperçut alors que, malgré tout, elle avait fait quelques progrès dans cette langue. Lors de son arrivée à Hambourg, elle avait beaucoup de mal à comprendre ce qu'on lui disait. Ce n'était plus le cas maintenant.

— Oui, bien sûr que j'ai mon billet.

Elle lui tendit le carnet que lui avait remis la baronne. Il en examina la première page, où devait figurer son nom car il déclara:

— Donc, mademoiselle de Storrington...

Tournant un feuillet, il poursuivit:

— Un aller simple pour Rabat en première classe.

La stupeur de la jeune fille fut telle qu'elle demeura pendant quelques secondes incapable de dire quoi que ce soit.

Enfin, elle retrouva sa voix.

— Rabat?

— C'est bien cela, dit-il en apposant un tampon sur chacun des billets que contenait le carnet.

— Mais je... je ne comprends pas. C'est en Angleterre que je suis censée aller.

L'officier ne put s'empêcher de rire.

— Vous n'en prenez pas le chemin! Dans ce cas, pourquoi avoir acheté un billet pour le Maroc?

— Ce... ce n'est pas moi qui l'ai pris...

— Et vous n'avez pas vérifié?

Comme si elle en avait eu le temps ! Elle comprenait maintenant ce qui s'était passé. Dans sa hâte à se débarrasser d'elle, la baronne avait choisi le premier bateau en partance, sans se soucier de sa destination. Ou, plutôt, elle avait choisi la destination la plus lointaine possible pour exiler celle qu'elle prenait pour sa rivale !

L'officier se remit à rire.

— Je n'ai jamais entendu une histoire aussi invraisemblable !

Peu à peu, la jeune fille reprenait ses esprits.

— Je suppose que le capitaine du *Wilhelm II* n'acceptera pas de me ramener à terre ?

— Vous plaisantez ? Nous avons un plan de navigation, des horaires à respecter dans la mesure du possible... Il n'y a aucune raison pour vous débarquer, d'autant plus que votre billet est parfaitement en règle !

Virginia réfléchissait.

— Vous devez bien faire des escales d'ici à Rabat ?

— Oui, naturellement. Notre itinéraire, cette fois, nous conduira d'abord à Amsterdam, puis au Havre, à Lisbonne...

Tenant immédiatement à mettre les choses au point, il ajouta :

— Mais si vous descendez avant d'arriver à Rabat, il ne faut pas que vous vous attendiez à être remboursée pour la partie du voyage que vous n'effectuerez pas...

— Oh, je ne réclame rien !

— Après tout, vous êtes entièrement responsable de cette erreur ! Prendre un billet pour le Maroc quand on veut aller en Angleterre... Honnêtement, je n'ai jamais vu une chose pareille !

Il haussa les épaules.
— Bah, vous n'aurez qu'à débarquer à Amsterdam ou au Havre et prendre un autre bateau pour Southampton.

Encore mal remise de sa stupeur, Virginia hocha la tête :
— Oui, la voilà, la solution...

2

Un steward conduisit Virginia jusqu'à sa cabine. Une cabine fort luxueuse, dut-elle admettre.

«La baronne ne s'est pas moquée de moi!» se dit-elle avec ironie.

— On va apporter vos valises d'un instant à l'autre, lui dit le steward.
— Merci.
— Avez-vous pris votre petit déjeuner?
— Non, pas encore.
— Dans ce cas, permettez-moi de vous dire de ne pas perdre de temps: le service s'arrête à neuf heures et demie.
— J'y vais tout de suite. Je mangerais bien quelque chose: je n'ai pas eu le temps d'avaler ne serait-ce qu'une tasse de café.
— Je vous ai vue arriver, mademoiselle. Vous n'étiez pas très en avance, se permit-il de remarquer.

Soulagée d'avoir échappé au baron Lueger, ce fut en riant que la jeune fille répondit:

— J'ai certainement été la dernière passagère à embarquer. J'ai eu tout juste le temps de sauter à bord. Les marins étaient déjà en train de retirer la passerelle d'embarquement...

Le steward dissimula un sourire.

— Vous aviez oublié de remonter votre réveil?

Se souvenant qu'il n'était pas censé plaisanter avec les passagères, même lorsqu'elles étaient aussi jeunes et jolies que cette blonde retardataire, il prit un air penaud.

— Excusez-moi.

Et, s'inclinant légèrement :

— Si vous avez besoin de quoi que ce soit, mademoiselle, n'hésitez pas à sonner.

— Merci.

Une fois seule, Virginia regarda autour d'elle. Elle avait droit à une cabine spacieuse et confortable, éclairée par deux hublots. Un cabinet de toilette fort bien conçu y faisait suite.

« Ma foi, j'irais volontiers jusqu'à Rabat dans de telles conditions ! » se dit-elle.

Ce serait bien agréable de découvrir un aussi beau pays que le Maroc...

Un petit soupir gonfla sa poitrine. Elle savait bien qu'il ne lui fallait pas songer à explorer le monde sans être accompagnée ! Une jeune fille n'était pas censée voyager sans chaperon...

« Comme la vie est injuste ! pensa-t-elle. Les hommes peuvent faire tout ce qu'ils veulent. Quant aux femmes, elles restent d'éternelles mineures... Je me demande si cela changera un jour ! Ce serait trop beau... »

Si elle ne pouvait pas espérer voir le Maroc ni même le Portugal, elle pouvait au moins prolonger son voyage jusqu'au Havre. Certes, il y avait de nombreuses liaisons maritimes entre les Pays-Bas et la Grande-Bretagne, mais rien ne l'obligeait à débarquer à Amsterdam... Ne pouvait-elle pas s'octroyer le plaisir de prolonger un peu cette escapade ?

Ces petites vacances lui feraient oublier ce désastreux séjour à Hambourg !

Son estomac commençait à crier famine. D'autant plus que, la veille, elle n'avait pratiquement rien mangé à l'heure du dîner... Avait-elle senti que le drame couvait et n'allait pas tarder à éclater ? Quoi qu'il en soit, entre les sourires mielleux du baron et les regards malveillants de la baronne, elle avait été incapable d'avaler ne serait-ce qu'une bouchée.

Au moment où elle ôtait le petit chapeau assorti à son élégant ensemble de voyage, elle crut entendre des sanglots étouffés. Elle tendit l'oreille... Non, elle ne se trompait pas : une femme pleurait dans la cabine située juste à droite de la sienne !

Elle esquissa un sourire amer. Apparemment, elle n'était pas la seule à avoir des soucis !

Mais *elle* n'allait pas se mettre à verser des larmes ! Les gémissements lui avaient toujours paru superflus. Lorsqu'elle se trouvait devant une situation difficile, Virginia cherchait le moyen de la résoudre au lieu de se lamenter.

À côté, les pleurs continuaient... La jeune fille eut un geste impuissant.

« C'est bien triste, mais qu'y puis-je ? se demanda-t-elle. Rien, hélas ! »

De plus, rien ne prouvait que sa voisine avait de bonnes raisons pour se laisser aller au désespoir. Certaines femmes piquaient des crises de nerfs à propos de tout et de rien : une robe tachée, un caprice insatisfait...

Au lieu de s'inquiéter au sujet des malheurs réels ou prétendus d'une parfaite inconnue, Virginia décida qu'elle ferait beaucoup mieux d'aller se restaurer.

Après avoir pris un solide petit déjeuner à l'allemande, avec des œufs à la coque, du fromage et des charcuteries, elle fit un tour sur le pont. Pendant presque toute la durée de son séjour, une petite pluie fine avait noyé Hambourg. Mais maintenant, le temps semblait enfin s'être mis au beau.

La mer était relativement calme et le petit paquebot avançait à vive allure, son étrave fendant les vagues irisées par le soleil.

La jeune fille avait déjà eu le temps de juger ses compagnons de voyage. En première classe, il n'y avait guère que des hommes d'affaires, ou bien des couples de touristes allemands ou scandinaves d'un certain âge.

« Ils ont l'air aussi ennuyeux les uns que les autres... Je ne vais sûrement pas me faire beaucoup d'amis parmi eux, pensa-t-elle. De toute manière, étant donné que je n'ai pas de chaperon, il vaut mieux que je ne me fasse pas trop remarquer si je veux éviter d'avoir des problèmes. »

Son expérience avec le baron Lueger l'avait rendue méfiante ! Elle avait mené jusqu'à présent une existence si protégée que, jamais, elle n'aurait imaginé qu'un homme marié d'un certain âge soit capable d'importuner une jeune fille...

Accoudée au bastingage, elle contemplait l'eau d'un air songeur quand le capitaine la rejoignit.

— Mademoiselle de Storrington ? demanda-t-il en claquant les talons.

— C'est bien cela.

— J'ai appris que vous deviez vous rendre en Angleterre et que, par une erreur que je ne m'explique pas, vous vous trouvez à bord du *Wilhelm II*.

— C'est exact.

— Comment est-ce possible ?

— La personne que j'ai envoyée acheter mon billet s'est trompée, prétendit la jeune fille.

— Cela me semble incroyable !

— Mais c'est ainsi...

— Je vous assure que c'est bien la première fois que, de toute ma carrière, je me trouve devant un cas pareil ! Vous n'avez donc pas pensé à vérifier votre billet une fois qu'on vous l'a apporté ?
— Tout s'est fait tellement vite...
— Si seulement nous nous étions rendu compte de cette méprise avant l'appareillage... Le malheur a voulu que vous embarquiez à la dernière minute !
— Vous aviez déjà appareillé quand l'officier chargé de contrôler les billets s'est aperçu de l'erreur.
— Et il ne pouvait être question de retourner au port.
— Je l'ai parfaitement compris.
Surpris par son calme, le capitaine remarqua :
— Vous ne semblez pas très affectée par ce contretemps.
— Bah, ce n'est pas bien dramatique ! J'ai décidé d'aller jusqu'au Havre, où je trouverai facilement un passage pour Southampton.
Avec un sourire, la jeune fille poursuivit :
— Et nous devons également faire une escale à Amsterdam, si j'ai bien compris ?
— En effet.
— Cela me permettra de découvrir une belle ville que je ne connais pas encore...
Le capitaine éclata de rire.
— Si tous nos passagers prenaient les choses avec autant de philosophie, la vie à bord serait un rêve !
Et, s'inclinant :
— Mademoiselle de Storrington, je vous souhaite, malgré tout, de faire un bon voyage. Et j'espère vivement que vous accepterez de dîner ce soir à ma table.

— Avec plaisir, capitaine. Je vous en remercie.

Pendant que l'officier se dirigeait vers le poste de pilotage, la jeune fille se mit en devoir d'explorer le bateau. Elle découvrit des salons confortables, une salle de jeu, des bars, ainsi qu'une bibliothèque bien fournie...

« Même si le temps se gâte, je ne trouverai pas le temps long », constata-t-elle avec satisfaction.

Avant de s'installer dans un fauteuil en toile avec un roman en allemand – autant profiter de ce voyage pour compléter ses connaissances ! –, elle alla troquer sa tenue de voyage contre une robe plus légère.

À côté, sa voisine sanglotait toujours aussi fort !

« Elle ne va quand même pas pleurer toute la journée ! » se dit Virginia.

Mais lorsqu'elle revint se laver les mains avant l'heure du déjeuner, cela continuait... Et l'après-midi, cela n'avait toujours pas cessé !

Que l'on pleure cinq ou dix minutes... soit ! Mais pendant des heures et des heures, ce n'était pas normal. Envahie de compassion, Virginia décida de faire un geste envers cette malheureuse inconnue. Pourquoi n'essaierait-elle pas de la consoler ?

Elle alla frapper à côté. Les pleurs se firent alors plus étouffés, mais la porte resta close. Elle frappa une deuxième fois, toujours sans obtenir de réponse. Une troisième fois...

À ce moment-là, derrière le battant clos, d'une voix entrecoupée de sanglots, une femme déclara en anglais :

— Laissez-moi, je n'ai besoin de rien.

— Je ne suis pas un steward, mais votre voisine de cabine ! Ouvrez-moi.

Il y eut un silence.

— Je vous en prie, ouvrez-moi ! insista Virginia.

— Pour... pourquoi ?
— Cela me fait de la peine de vous entendre pleurer. Je voudrais vous aider.
— Personne ne peut m'aider. Personne !
— Vous vous trompez. Il existe toujours une solution !

D'un ton encourageant, la jeune fille insista :
— Oui, il existe toujours une solution, et cela, quel que soit le problème auquel on se trouve confronté. Ne soyez pas défaitiste. Ouvrez-moi !

Et cette fois, à sa grande surprise, la porte s'entrebâilla enfin. Une femme apparut. Vêtue d'un peignoir en soie rose, ses boucles blondes tombant en désordre sur ses épaules voûtées, le visage enfoui dans un grand mouchoir, c'était l'image même du désespoir.

Elle était dans un tel état que Virginia aurait été absolument incapable de lui donner un âge : elle aurait pu avoir tout aussi bien vingt ans que le double.

— Qui... qui êtes-vous ? interrogea la passagère d'une voix à peine audible. Que... que me voulez-vous ?
— Je vous l'ai dit : vous aider.

La passagère haussa les épaules avec lassitude avant d'aller s'asseoir au bout de sa couchette.
— Et je vous ai répondu que c'était impossible !

Avec détermination, Virginia entra dans la pièce et ferma la porte derrière elle. La femme l'examina, tout en crispant ses doigts tremblants sur son mouchoir. Malgré des yeux bouffis et un visage rouge ravagé de larmes, on devinait qu'elle était très jeune, et probablement très jolie.

Jugeant plus sage de ne pas lui poser immédiatement de questions trop directes, Virginia se contenta de s'enquérir sur sa nationalité :

— Vous êtes anglaise ?
— Oui. Vous aussi ?
— Oui. Je m'appelle Virginia de Storrington.
— Et moi Margie de Walsgrave.

La bonne éducation reprenant ses droits, elles se serrèrent la main.

— Il est bien possible que nous soyons les deux seules Anglaises à bord d'un bateau allemand, remarqua Virginia. Et le hasard a voulu que nous nous trouvions dans des cabines voisines, n'est-ce pas étonnant ?

En guise de réponse, Margie se contenta de hausser les épaules. Manifestement, cette coïncidence ne semblait nullement l'intéresser. Elle ne pleurait plus mais continuait machinalement à s'essuyer les yeux, tout en fixant l'un des hublots d'un air égaré.

— Les circonstances ont voulu que je voyage seule, reprit Virginia. Et vous ?

— Moi aussi. Je... je devais avoir un chaperon, mais Mlle Nyshavn est tombée malade l'avant-veille de mon départ. J'espérais alors pouvoir bénéficier d'un certain répit, mais... mais mon père a décidé que je partirais comme prévu. Il m'a obligée à embarquer à bord du *Wilhelm II* à Hambourg, et...

Elle s'effondra, en proie à une nouvelle crise de désespoir.

— ... et... et on viendra me chercher au Havre.
— Vous habitez Hambourg ?
— Non. Mon père, lord Walsgrave, est ambassadeur et se trouve actuellement en poste à Copenhague. Comme il devait se rendre en Allemagne afin de participer à quelques colloques internationaux, il a insisté pour que je l'accompagne.

Elle reprit son mouchoir.

— Cela m'a paru bizarre, mais je... j'étais bien loin, alors, de me douter de ce qui m'attendait ! Je suppose que... qu'il craignait mes réactions et n'osait pas me mettre au courant. C'est seulement au moment où je pensais que... que nous allions retourner à Copenhague qu'il m'a annoncé que... que...

Elle s'interrompit, tandis que ses sanglots redoublaient.

— Vous ne pouvez pas continuer à pleurer ainsi, dit Virginia. Ce n'est pas possible !

Et, avec un sourire apitoyé :

— Où trouvez-vous toutes ces larmes ?

— Si vous étiez à ma place, vous aussi, vous verseriez toutes les larmes de votre corps !

— Expliquez-moi ce qui vous arrive. Et ensemble, nous tenterons de chercher une solution.

— Il n'y en a pas.

— Je suis sûre qu'il en existe une. Mais pour la trouver, il faut que je connaisse la situation.

— Oh, si vous saviez...

Margie se prit le visage entre les mains.

— Si vous saviez ! répéta-t-elle avec désespoir.

Patiemment, Virginia attendit qu'elle se calme un peu. Si elle avait hésité avant d'aller frapper à la porte de la cabine voisine, elle se félicitait maintenant d'avoir pris une telle initiative. Margie de Walsgrave avait vraiment besoin d'un soutien...

S'asseyant à côté de Margie, elle lui prit la main.

— Racontez-moi ce qui vous arrive.

La jeune fille la regarda avec étonnement.

— Vous... vous êtes bien la seule à me témoigner un peu de compréhension. Et pourtant, vous ne me connaissez pas !

Virginia lui sourit.

— Je sais déjà que vous vous appelez Margie de Walsgrave et que vous êtes très malheureuse.

— Ô combien !

— Pourquoi ?

— C'est... c'est bien simple. Mon père veut que j'épouse un homme que je n'ai jamais vu, alors... alors que j'en aime un autre !

— Votre père est-il au courant ?

— Oh, oui ! C'est d'ailleurs pour cette raison qu'il m'a emmenée à Hambourg avant de m'expédier en France !

Virginia fronça les sourcils.

— Tout cela ne me semble pas très clair. Pourquoi devez-vous aller en France ?

— Pour épouser cet horrible individu !

— Comment pouvez-vous dire qu'il est horrible, puisque vous ne l'avez encore jamais vu ? interrogea Virginia avec son bon sens habituel.

Margie lui adressa un regard peiné.

— Si vous avez décidé de prendre le parti de mon père...

— Pas du tout ! protesta la jeune fille. J'essaie tout simplement de comprendre.

— C'est pourtant simple ! Je suis très amoureuse de John Grimsby, un jeune attaché d'ambassade.

— Le fils de lord Grimsby ?

— C'est cela. Un jour, John sera lord lui-même et héritera d'une fortune considérable.

— C'est donc un beau parti ?

— Évidemment ! Toutes les débutantes lui font les yeux doux... mais il ne voit que moi ! Nous nous aimons à la folie, nous nous sommes promis de nous marier et de ne jamais nous quitter. Mais voilà que... que...

Patiemment, Virginia attendit la suite.

— Voilà que, il y a trois jours, mon père m'a annoncé que je devais renoncer à John !
— Pourquoi ?
— Pour... pour une raison stupide.
Virginia soupira. Il était bien difficile d'amener Margie à s'expliquer de manière cohérente !
— C'est-à-dire ?
— Il... il m'a annoncé que... que je devais épouser un Français, le futur duc de Rochebriac.
— Que vous ne connaissez pas ?
— Non ! J'ignore jusqu'à son prénom ! Je sais seulement que lorsque mon père avait seize ou dix-sept ans, il a fait la connaissance de François de Rochebriac, le duc actuel, au cours d'une chasse à courre dans le Devon. Tous deux se sont liés d'amitié. Et ils se sont fait le serment...
Les sanglots de la jeune fille redoublèrent à ce moment-là.
— Ils se sont fait le serment de... de marier leurs enfants ! termina-t-elle d'une voix presque inaudible.
Virginia fronça les sourcils.
— Comment est-ce possible ? Ils n'avaient que seize ou dix-sept ans, dites-vous ?
— C'est... c'est bien cela.
Virginia haussa les épaules.
— Cela ne tient pas debout ! Des adolescents de cet âge ne pouvaient pas être pères de famille !
— Non, bien entendu. Ils... ils se sont engagés pour le futur. Le premier garçon qui naîtrait chez l'un épouserait la première fille à naître chez l'autre.
Virginia laissa échapper une exclamation de stupeur.
— Ce n'est pas possible ! De telles promesses ne sont pas sérieuses !

— Pour mon père, si. Et pour le duc également.
Margie rejeta ses cheveux épars en arrière.

— Voilà pourquoi je me retrouve ici. En route pour la France... Je vais bientôt faire la connaissance du fils aîné du duc, et, que cela me plaise ou non, il faudra bien que je devienne sa femme. Tout cela parce que mon père a fait, il y a très longtemps, de solennelles promesses en mon nom.

Virginia n'en croyait pas ses oreilles.

— Quelle histoire extraordinaire! s'exclama-t-elle. On croirait lire un roman...

— Hélas, ce n'en est pas un.

Virginia s'efforça de faire le point.

— Avez-vous dit à lord Walsgrave que personne ne s'attendait que l'on respecte des serments de ce genre?

— Naturellement.

— Que vous a-t-il répondu?

— Il a tout simplement refusé de m'écouter.

Margie soupira.

— Mon père n'est pas homme à accepter que sa fille lui fasse la leçon.

— Que pense John Grimsby de tout cela?

— John n'est pas encore au courant.

— Vous ne lui avez rien dit? s'étonna Virginia.

— Non, pour la bonne raison que je n'ai pas pu communiquer avec lui. Mon père a attendu que nous soyons arrivés à Hambourg pour m'annoncer que je ne retournerais pas à Copenhague, mais que j'allais me rendre en France, en Touraine plus précisément...

D'une voix hachée, elle termina:

— Car c'était... c'était là que mon futur mari m'attendait.

Virginia hocha la tête.

— Je comprends maintenant pourquoi vous pleurez tant, murmura-t-elle avec compassion.

— Je me retrouve dans une situation désespérée. Moi qui étais si heureuse il y a encore une semaine...

Virginia lui tapota la main dans un geste encourageant.

— Tout n'est pas perdu !

— Comment pouvez-vous parler avec autant de légèreté ? Songez ! Me voilà maintenant à bord du bateau qui me conduit vers un destin pire que la mort...

— Je vous en prie, pas de mélodrame ! ne put s'empêcher de lancer Virginia.

— Mettez-vous à ma place !

— Oh, je peux m'y imaginer sans peine ! Il est certain que vous vous trouvez dans une situation très délicate. Mais il y a certainement une porte de sortie...

Après un instant de réflexion, Virginia poursuivit :

— Par exemple, il est très possible que le futur duc de Rochebriac soit de son côté amoureux d'une autre jeune fille et ne souhaite nullement vous épouser.

Pour la première fois, le regard de Margie s'éclaira.

— Je n'y ai pas pensé ! Ce serait la solution idéale !

Ce moment d'enthousiasme ne dura pas. Déjà, elle baissait la tête avec accablement.

— Ce serait trop beau ! Or je ne crois plus aux miracles...

Et, tournant la tête vers le hublot derrière lequel la mer scintillait de mille paillettes argentées, elle déclara d'une voix presque inaudible :

— Je préfère me jeter à l'eau plutôt que d'épouser un homme laid comme les sept péchés capitaux et bête comme ses pieds...

— Ne parlez pas ainsi avant d'avoir fait sa connaissance! protesta Virginia. Le futur duc de Rochebriac est peut-être fort sympathique et fort séduisant.

— Pour moi, il n'y a que John.

Les larmes se remirent à couler sur les joues de Margie tandis qu'elle ajoutait:

— Je ne veux pas en épouser un autre. Je préfère mourir!

— Avant de désespérer, attendez de rencontrer le fils du duc, lui conseilla Virginia.

Margie se mit à trépigner.

— Je ne veux pas le voir!

— Au lieu de vous comporter de manière puérile, réfléchissez... Il est bien possible que, pas plus que vous, il n'ait envie de se sacrifier parce que son père a fait une stupide promesse sans en mesurer les conséquences. Peut-être réussirez-vous à vous entendre tous les deux afin d'éviter ce mariage?

— Mais s'il tient, lui, à respecter les engagements pris par son père?

— Cela, vous ne pourrez pas le savoir avant d'arriver là-bas.

Margie se recroquevilla encore un peu plus sur elle-même.

— Je ne veux pas aller en Touraine! gémit-elle. Je ne veux pas voir cet affreux personnage!

— Il est peut-être charmant... ne put s'empêcher d'objecter Virginia.

— Vous trouvez toujours des arguments en sa faveur alors que vous ne le connaissez pas plus que moi!

D'un ton de petite fille trop gâtée, Margie s'écria:

— Je m'en moque, qu'il soit charmant ! Je ne veux pas devenir duchesse. C'est John que j'aime et que je veux épouser !

Cette fois, Virginia demeura silencieuse.

— Vous ne dites plus rien, s'étonna Margie.

— Je réfléchis.

Margie haussa les épaules.

— Vous allez encore me dire qu'il existe une solution... Mais je sais bien, moi, qu'il n'y en a pas ! Si je veux échapper au cruel destin qui m'attend, il ne me reste plus qu'à mourir !

« Cessez de faire l'enfant ! » eut envie de la tancer Virginia.

Sachant qu'une telle réflexion n'aurait pas d'autre effet que de provoquer une nouvelle crise de larmes, elle préféra se taire.

Sa sérénité eut un certain effet sur Margie. Peu à peu, celle-ci se calmait...

Un projet un peu fou germait dans l'esprit fertile de Virginia.

— J'ai une idée, déclara-t-elle enfin.

— Vraiment ?

— Une idée assez extravagante... mais pourquoi pas ?

— Dites toujours !

— Vous êtes sûre que John Grimsby souhaite vous épouser ?

— J'en suis sûre et certaine !

— Même si cela signifie pour lui la fin de sa carrière diplomatique ?

Margie haussa les épaules.

— Pourquoi devrait-il abandonner une carrière qui s'annonce pleine d'avenir ? J'ai souvent entendu mon père dire que c'était l'un des plus brillants éléments du ministère des Affaires étrangères.

— Soit ! Mais si ce mariage avait lieu en dépit de l'opposition de votre père, l'avancement du futur lord Grimsby se trouverait peut-être compromis.

— Vous voulez dire que mon père s'arrangerait pour lui nuire ?

— Tout est possible. Cependant, si John Grimsby est un aussi bon diplomate que vous le prétendez, je suis sûre qu'il parviendra, avec du temps et de la patience, à revenir dans les bonnes grâces de lord de Walsgrave.

— Cela m'étonnerait ! Mon père est tellement entêté...

Margie leva vers Virginia un regard plein d'espoir.

— Avez-vous vraiment trouvé le moyen de me sauver ? Je n'ose y croire... Quelle est cette idée extravagante ?

Virginia rit.

— C'est très simple. Puisque le futur duc ne vous a jamais vue, et qu'il ne me connaît pas davantage, nous n'avons qu'à échanger nos identités !

Margie ne cacha pas sa stupeur.

— Comment cela ? Vous allez vous rendre en Touraine sous mon identité pour épouser le fils du duc de Rochebriac ?

— Pour épouser Félix de Rochebriac ? Certainement pas. Mais je peux aller là-bas pour expliquer posément la situation. Si le duc et son fils sont des hommes sensés, ils devraient comprendre...

— En revanche, s'ils sont aussi têtus que mon père...

— Bah, je verrai bien comment aborder le sujet, une fois sur place. Comment deviez-vous vous rendre en Touraine ?

— Les Rochebriac ont envoyé une vieille cousine m'attendre au Havre.

Virginia hocha la tête.

— Parfait ! Je n'aurai qu'à lui laisser croire que je suis Margie de Walsgrave.

— Mais...

— J'attendrai de me trouver devant les Rochebriac pour leur apprendre que je m'appelle en réalité Virginia de Storrington. Et que vous êtes déjà mariée !

— Je... je ne comprends pas.

— C'est pourtant très simple. Le *Wilhelm II* doit faire une première escale aux Pays-Bas. Vous n'aurez qu'à débarquer dans ce port, vous vous installerez à l'hôtel...

— Quoi ?

— Laissez-moi finir. Ensuite, vous enverrez un télégramme à John Grimsby pour lui demander de venir vous retrouver de toute urgence à Amsterdam.

Virginia fronça ses sourcils à l'arc parfait avant de demander :

— Il n'est pas au courant de ce qui vous arrive ? Vous en êtes sûre ?

— Sûre et certaine. John croyait que j'allais simplement passer quelques jours avec mon père à Hambourg...

— Il faudra lui expliquer la situation en quelques mots. Si vous voulez, nous rédigerons ce télégramme ensemble, et une fois arrivées à Amsterdam, nous l'expédierons. Il faut que John Grimsby comprenne qu'il n'y a pas un instant à perdre !

— Il comprendra. Il comprend tout !

— Dès qu'il vous rejoindra aux Pays-Bas, vous vous marierez !

Margie hésita.

— Si mon père l'apprend, il sera furieux !

— Il faudra que John fasse appel à toutes ses qualités de diplomate pour l'amener à de meilleures dispositions. Quant à moi, j'espère pouvoir persuader le duc de Rochebriac de revenir sur cet engagement conclu entre deux jeunes irresponsables... Avec un peu de chance, il l'admettra et écrira à votre père pour le délier de cette promesse.

— Il va falloir que vous soyez vous-même très diplomate ! fit Margie avec un petit rire.

La perspective de revoir bientôt celui qu'elle aimait l'avait transformée. Certes, son visage était toujours rouge et gonflé, mais ses yeux brillaient d'une lumière nouvelle, et elle se tenait déjà plus droite.

— Pourquoi voulez-vous m'aider ? demanda-t-elle soudain. Vous ne me connaissez même pas...

— Je vous ai entendue pleurer ce matin, à mon arrivée. Et cela a duré pendant des heures !

— Je continuerais encore si vous ne m'aviez pas prise en pitié et n'étiez pas venue frapper à ma porte ! Qui êtes-vous ? Un ange envoyé du ciel ?

Virginia éclata de rire.

— Oh, certainement pas !

— Mais alors, pourquoi faites-vous cela pour moi ? insista Margie.

— Parce que je ne suis pas spécialement pressée de rentrer en Angleterre... De plus, je ne serais pas mécontente de faire un petit tour en Touraine. Je n'y suis jamais allée et il paraît que les châteaux de la Loire sont magnifiques.

— Le duc de Rochebriac en possède un.

— Voyez !

— Mon père n'a jamais eu l'occasion de le visiter, à son grand regret...

— Je suppose que lord Walsgrave avait l'intention de se rendre en Touraine pour assister à votre mariage ?

— Oui, naturellement.

— Ce qui m'étonne, c'est qu'il ne vous ait pas accompagnée...

— Cela lui était impossible pour la bonne raison qu'il était attendu à Vienne et à Berlin. De toute manière, d'un commun accord avec le duc, il avait décidé de nous laisser le temps nécessaire pour faire connaissance.

Virginia laissa échapper un rire sarcastique.

— Ah ! Ils ne voulaient quand même pas que le mariage ait lieu du jour au lendemain !

Elle se leva.

— Maintenant que tout est décidé, il ne nous reste plus qu'à profiter du voyage jusqu'à Amsterdam. Voulez-vous venir vous promener sur le pont avec moi ?

Margie alla jeter un coup d'œil à la glace qui surmontait la coiffeuse.

— Dans cet état ? J'ai une tête à faire peur !

— Allez vous baigner les yeux à l'eau froide. Et il faut aussi que vous mettiez une robe.

En riant, Virginia lança :

— Vous ne pouvez quand même pas sortir en peignoir !

Margie porta la main à son cœur.

— J'ai l'impression de revivre ! Comment vous remercier ? Jamais je n'aurais pensé qu'une inconnue me rendrait un pareil service...

— Comme je vous l'ai dit, cela me donnera l'occasion de voir les châteaux de la Loire !

— D'après le duc, le sien est l'un des plus beaux.

Voyant que sa nouvelle amie haussait les sourcils, Margie s'écria :

— Je devine ce que vous pensez ! Vous estimez que l'on ne devrait pas se vanter ainsi ?

— J'avoue que cela me surprend un peu... Mais s'il possède un beau domaine, je peux comprendre que le duc de Rochebriac en parle avec fierté.

Margie l'observait d'un air calculateur.

— Êtes-vous amoureuse ? demanda-t-elle à brûle-pourpoint.

— Non, je ne l'ai encore jamais été.

— Imaginez que ce soit le coup de foudre entre vous et le futur duc de Rochebriac ?

Virginia s'esclaffa.

— Vous avez beaucoup d'imagination...

— Vous n'aimeriez pas devenir duchesse ?

La jeune fille secoua la tête.

— Les titres m'ont toujours laissée indifférente. Tout ce que je souhaite, c'est de faire un mariage d'amour.

À mi-voix, comme pour elle-même, elle ajouta :

— Mais rencontrerai-je un jour celui qui m'est destiné ? Je commence à me le demander...

3

Virginia et Margie devinrent très vite les meilleures amies du monde. On les voyait partout : sur le pont, à la bibliothèque, au restaurant où le capitaine ne manquait jamais de les inviter à sa table... Les autres passagers étaient persuadés qu'elles voyageaient ensemble et elles ne jugèrent pas utile de les détromper.

Elles mirent soigneusement au point le texte du télégramme qui serait expédié à John Grimsby dès leur arrivée à Amsterdam. Ce télégramme devait être suffisamment clair pour que John comprenne qu'il devait rejoindre Margie sans perdre une seconde. Mais en même temps, il fallait éviter de lui donner trop d'explications.

— On ne prend jamais assez de précautions, avait déclaré Virginia. Il serait bien fâcheux que l'on remette par erreur ce « petit bleu » à quelqu'un qui s'empresserait d'en communiquer la teneur à votre père !

À cette pensée, Margie s'était mise à trembler.
— Ce serait dramatique !

Elles avaient appris que le *Wilhelm II* ne resterait que quelques heures à quai dans le port d'Amsterdam.

— Cela devrait nous laisser largement le temps de trouver un hôtel convenable, puis d'envoyer le télégramme, dit Virginia à son amie.

Margie ne cacha pas son appréhension.

— Je vais donc être obligée de rester toute seule dans une ville inconnue?

Virginia s'empressa de la rassurer.

— Pas bien longtemps! S'il tient vraiment à vous, John Grimsby accourra à votre secours sans perdre une seconde...

Le visage de Margie parut s'illuminer.

— Oh, oui, il tient à moi! S'il y a une chose dont je suis sûre, c'est bien celle-là!

«Elle l'aime vraiment», pensa alors Virginia avec une pointe d'envie.

Que n'aurait-elle donné pour connaître de pareils sentiments! Hélas, son cœur n'avait encore jamais battu... Et elle commençait à se demander s'il battrait un jour.

Dès que le paquebot se trouva à quai, les deux jeunes filles descendirent, suivies par un porteur. Dans la confusion qui accompagnait les débarquements et les embarquements, leur départ passa pratiquement inaperçu.

Virginia fit signe à un fiacre et, en anglais puis en allemand, pour être sûre d'être bien comprise, pria le cocher de les conduire dans un bon hôtel du centre de la ville.

— Tout de suite, mesdames! lança-t-il dans un anglais correct.

Il sauta à terre pour aider le porteur à mettre les bagages de Margie dans la malle arrière. Puis il remonta sur son siège. Un claquement de langue, un claquement de fouet... Dociles, les deux chevaux partirent aussitôt au trot.

Margie était beaucoup trop préoccupée pour s'intéresser à ce qui l'entourait. En revanche, Virginia ne cessait d'admirer les belles demeures anciennes, d'une architecture si typique, qui se reflétaient dans l'eau des canaux. Comme elle regrettait de ne pas avoir le temps de flâner dans la Venise du Nord ! Elle n'aurait pas davantage la possibilité de visiter les nombreux musées qui attiraient tant de touristes dans cette ville pittoresque. Quel dommage !

Le fiacre s'arrêta bientôt devant un vaste établissement d'un luxe discret.

— Cela vous convient-il, mesdames ? demanda le cocher.

— Cela me semble très bien, répondit Virginia. Si vous voulez bien attendre un instant, je vais demander s'il y a de la place. Vous m'attendez ici, Margie ?

— Oui... fit la jeune fille d'une toute petite voix.

Et elle parut se rétrécir encore au coin de la banquette.

Un concierge en longue redingote, coiffé d'un haut-de-forme, salua la jeune fille avant de retenir la porte à tourniquet afin qu'elle puisse l'emprunter plus commodément.

Sans hésiter, Virginia traversa le hall et se dirigea vers le bureau de réception derrière lequel se tenaient plusieurs employés. L'un d'eux s'inclina.

— Madame ?

— Avez-vous une chambre confortable ?

— Bien sûr, madame.

Il ouvrit un registre.

— C'est à quel nom, s'il vous plaît ?

Virginia ne jugea pas utile de donner un faux nom : lord Walsgrave était persuadé que sa fille était en route pour la France et jamais il n'aurait l'idée de la faire chercher dans un hôtel d'Amsterdam !

— Au nom de Mlle de Walsgrave, une amie.

— Combien de temps doit durer le séjour de Mlle de Walsgrave, s'il vous plaît ?

— Quelques jours, pas davantage.
— Il lui suffira de signer ce registre à son arrivée.
— Très bien. Pouvez-vous me dire s'il y a un bureau de poste proche d'ici ?
— Vous en trouverez un à deux pas. Vous n'avez qu'à prendre la première rue à gauche. Vous ne pouvez pas manquer de le voir.
— Merci.

Virginia passa ensuite au bureau de change de l'hôtel, où on lui remit des florins contre quelques-uns des Deutsche Mark qui lui restaient. Puis elle alla retrouver Margie.

— Voilà, tout est arrangé ! annonça-t-elle triomphalement.
— Vous êtes extraordinaire ! s'exclama la jeune fille avec conviction.
— Peuh !

Pendant que Margie signait le registre, l'un des grooms de l'hôtel montait sa malle dans la chambre qui lui avait été attribuée. Virginia alla trouver le cocher et lui donna un bon pourboire.

— Puis-je vous demander de m'attendre ? J'ai juste une petite course à faire. Cela ne devrait pas être bien long... Ensuite, il faudra me ramener au port.
— Pas de problème. Je ne bougerai pas d'ici, madame !

Cinq minutes plus tard, les deux amies se hâtaient vers le bureau de poste.

— Ah, je me demande ce que j'aurais fait sans vous ! soupira Margie. Il faut que vous me donniez votre adresse, pour que vous me teniez au courant de la suite des événements...

Virginia sourit.

— Vous pouvez toujours m'écrire au château de Storrington, dans le Hertfordshire.

— Mais vous n'êtes pas près d'y retourner ?
— Je n'en sais encore rien. Certes, j'aimerais bien faire un petit séjour en Touraine, mais tout dépendra de la manière dont je serai accueillie par le duc et son fils. S'ils sont bons joueurs et compréhensifs, cela peut très bien se passer... Si, en revanche, ils se montrent franchement désagréables en apprenant que nous nous sommes en quelque sorte jouées d'eux, je ne m'attarderai pas !

Margie se mordit la lèvre inférieure.

— À cause de moi, vous risquez de vous retrouver dans une situation bien pénible !

« Je le crains... pensa Virginia. Et pourtant, je suis sûre que le duc François de Rochebriac et son fils seront moins déplaisants que les Lueger ! »

Elle sourit.

— Je suis prête à y faire face. Cela ne m'effraie pas. La seule chose que je regrette, c'est de ne pas pouvoir assister à votre mariage avec John. Car je serai loin lorsqu'il sera célébré !

— Étant donné les circonstances, ce sera forcément un mariage à la sauvette... Moi qui avais tant rêvé d'épouser celui que j'aime au cours d'une grande cérémonie !

Virginia la gronda gentiment.

— N'en demandez pas trop. Vous savez bien que vous ne pouvez pas *tout* avoir.

Et, en riant :

— Estimez-vous heureuse de ne pas avoir à épouser un futur duc !

Margie frissonna.

— Quelle horreur !

— Il faudra, moi aussi, que je vous raconte comment se sont passées les choses à Rochebriac !

— Je vais me faire beaucoup de souci pour vous.

— Où pourrai-je vous écrire ?

— Je ne peux pas encore vous le dire, pour la bonne raison que j'ignore où John et moi irons vivre une fois mariés. Dès que j'aurai une adresse, je ne manquerai pas de vous l'envoyer au château de Storrington.

— Cela me ferait plaisir de rester en contact avec vous et de vous revoir.

— Moi aussi ! assura Margie avec chaleur. Je vous dois tant !

Virginia sursauta.

— J'ai oublié de vous demander si vous aviez assez d'argent pour vivre en attendant l'arrivée de John Grimsby. Il est tout à fait possible que l'on vous demande de régler à l'avance une partie de votre note d'hôtel...

— Ne vous inquiétez pas pour cela, mon père m'a laissé une somme importante en liquide. J'ai aussi un carnet de chèques avec lequel je peux retirer de l'argent à certains guichets de banque à l'étranger. Et vous, Virginia ?

— J'ai également tout ce qu'il me faut.

Elles trouvèrent sans peine la poste, et, après avoir expédié le télégramme dont chacun des termes avait été longuement pesé, elles regagnèrent l'hôtel devant lequel attendait le fiacre.

— C'est ici que nos chemins vont se séparer ! fit Virginia.

Margie ne put s'empêcher de rire.

— Vous me recommandiez de ne pas être trop mélodramatique... mais c'est vous qui l'êtes, en ce moment !

Sa gaieté ne dura pas. La perspective de ce qui l'attendait la remplissait d'effroi.

— Mon Dieu ! Que vais-je devenir, Virginia ? Une fois que vous serez partie, je me retrouverai toute seule...

— Pas longtemps. John va venir bien vite !
— Espérons-le...

Margie rougit.

— Je me plains de mon sort... Je devrais avoir honte car le vôtre est infiniment moins enviable ! Quand je pense que vous allez devoir expliquer à des inconnus que...

Sans achever sa phrase, elle se tordit les mains.

— Oh, comme je m'en veux de vous avoir entraînée dans une pareille histoire !
— Réjouissez-vous plutôt de pouvoir épouser celui que vous aimez !
— D'un côté, je suis follement heureuse, vous le savez bien... Mais de l'autre, cela me désole de penser que vous allez vous retrouver en butte à mille difficultés... alors que tout cela ne vous regarde en rien.
— C'est de bon cœur que j'ai proposé de vous aider.

Virginia esquissa un sourire.

— En outre, j'estime que c'est mon devoir ! Ma mère aurait dit que je me pose en redresseuse de torts... Mais j'avoue avoir été très choquée par votre histoire. Comment est-il possible que votre père et le duc n'aient pas songé à revenir sur cette stupide promesse ?
— Si je ne connais pas le point de vue du duc de Rochebriac, je sais que, selon mon père, il n'y a rien de plus sacré qu'un engagement.

Virginia était révoltée.

— Il y a des limites ! Après tout, cet engagement n'impliquait pas les deux personnes qui l'ont pris, mais d'autres qui n'étaient pas encore nées à l'époque ! Oui, tout cela est très choquant... Je n'hésiterai pas à faire part de mon opinion au duc. Et si j'avais l'occasion de rencontrer votre père, je lui dirais également ce que je pense.

— Il est curieux que deux hommes de leur âge n'aient jamais songé à remettre les choses en question... admit Margie.

Elle soupira.

— Nous voilà toutes deux victimes de leur inconséquence !

— Nous ne sommes pas plus victimes l'une que l'autre, assura Virginia avec force. Vous allez épouser celui que vous aimez...

— Grâce à vous !

— Quant à moi, je vais faire un voyage inattendu.

Un sourire sarcastique lui vint aux lèvres. Ses grands yeux d'un bleu foncé étincelaient dans son visage rosi. Si sa mère avait pu la voir en ce moment, elle aurait secoué la tête.

«Tsst, tsst! Voilà encore Virginia sur le sentier de la guerre!» aurait-elle dit.

D'un ton véhément, la jeune fille termina :

— Et, croyez-moi, j'ai hâte d'annoncer au duc François de Rochebriac qu'il n'est qu'un idiot !

— Oh !

Virginia éclata de rire.

— N'ayez crainte, je le lui dirai le plus diplomatiquement possible !

Elle consulta sa petite montre en or incrustée de diamants.

— Et maintenant, je ferais bien de retourner à bord. Je ne voudrais pas que le *Wilhelm II* parte sans moi !

Les deux amies s'embrassèrent. Puis Virginia monta dans le fiacre.

— Merci de m'avoir attendue, dit-elle au cocher. Et maintenant, nous retournons au port.

Elle agita la main.

— À bientôt, ma chère Margie !

Avec un grand sourire, elle lança :

— Et tous mes vœux de bonheur !

Restée sur le trottoir devant l'hôtel, Margie agita la main à son tour.

— Bonne chance ! Bon courage ! Et merci... Encore mille fois merci !

Lors de l'escale à Amsterdam, de nombreux passagers avaient débarqué, mais comme d'autres étaient venus les remplacer il y avait toujours autant de monde en première classe.

Devant Margie, Virginia avait fait preuve de beaucoup d'optimisme. Cependant, plus le paquebot se rapprochait du Havre, moins elle se sentait sûre d'elle.

Dans quelle aventure s'était-elle lancée !

Son appréhension allait croissant. Et lorsque, par une belle matinée d'été, le paquebot fit son entrée dans le port du Havre, elle aurait bien voulu disparaître dans un trou de souris.

Hélas, il était trop tard pour avoir des regrets. Il lui fallait faire face !

Ce qui lui déplaisait le plus, c'était de mentir. Et elle serait bien obligée de prétendre être Mlle de Walsgrave lorsqu'elle rencontrerait la vieille demoiselle qui devait la chaperonner jusqu'en Touraine. Ce serait seulement devant le duc de Rochebriac qu'elle pourrait enfin dévoiler sa véritable identité... avant de lui apprendre que Margie était mariée !

Elle s'accouda au bastingage en regardant les jetées se rapprocher lentement.

« Je ne vais pas me plaindre, maintenant ! Après tout, c'est de mon plein gré que j'ai proposé à Margie de l'aider... »

L'officier qui l'avait accueillie à Hambourg la rejoignit.

— Voulez-vous que j'envoie un steward acheter un billet pour Southampton à votre intention, mademoiselle ? proposa-t-il aimablement.

— Je vous remercie. C'est très gentil à vous de me proposer cela, mais j'ai l'intention de passer quelques jours en France.

Il parut surpris.

— Vraiment ?

La jeune fille donna la première explication qui lui vint à l'esprit.

— J'ai des parents qui vivent en France, non loin du Havre, justement. Je leur ai envoyé un télégramme d'Amsterdam pour leur annoncer que j'étais de passage dans la région. Il est fort probable que ma tante est déjà sur le quai et attend le bateau...

— Ah, très bien !

Pendant que l'officier s'éloignait, la jeune fille pinça les lèvres.

« Un premier mensonge... »

Mais de cette manière, si on la voyait en compagnie du chaperon de Margie, personne ne songerait à s'étonner.

Parmi la foule qui attendait sur le quai, il fallait qu'elle parvienne à découvrir la vieille cousine des Rochebriac avant que celle-ci ne monte à bord pour demander Mlle de Walsgrave...

« On lui dirait alors que celle-ci a quitté le paquebot à Amsterdam... et tout mon beau plan se retrouverait par terre ! »

En fin de compte, il y avait beaucoup moins de monde sur la jetée qu'elle n'en avait eu l'impression de loin. Et lorsqu'elle vit, un peu à l'écart, une personne à l'air pincé, toute vêtue de noir, elle se dit qu'il y avait beaucoup de chances pour que cette espèce de corneille soit le chaperon de Margie.

Elle fut l'une des premières à descendre la passerelle. Sans perdre une seconde, elle s'approcha de cette vieille dame au visage aussi jaune qu'un coing, coiffée d'un vilain chapeau qui aurait beaucoup mieux convenu à un épouvantail.

— Bonjour, madame, dit-elle en faisant une petite révérence.

Et, dans son excellent français :

— Je suis Margie de Walsgrave, la fille de lord de Walsgrave. J'arrive de Copenhague.

La vieille dame sursauta avant de fixer la jeune fille à travers ses lunettes cerclées de métal.

— Comment avez-vous deviné que c'était moi qui venais vous chercher ? s'écria-t-elle d'une voix aussi pointue que son nez.

Virginia lui adressa un grand sourire.

— Une intuition...

— Ah, par exemple !

Reprenant ses esprits, la vieille dame ôta ses gants en filoselle noire pour serrer la main de Virginia, tout en se présentant à son tour :

— Je suis Mlle de Rochebriac.

— Oh ! Vous êtes donc une parente du duc ?

Son chaperon prit un air encore plus pincé.

— Je suis sa cousine, mais à un degré très lointain. Si lointain que cela ne vaut même pas la peine d'en parler.

Sa réaction surprit Virginia. En général, les proches d'un aristocrate important ne manquaient jamais de se vanter de leurs hautes relations.

Mlle de Rochebriac, avec une hâte visible, changea tout de suite de sujet :

— Vous parlez donc français, mademoiselle ?

— Comme vous pouvez le constater.

— Je vous avoue que je n'en suis pas fâchée. Je ne connais pas un seul mot d'anglais et je me demandais comment nous allions pouvoir communiquer.

Virginia lui sourit.

— Voyez, tout s'arrange!

— Hum! Si on veut… rétorqua la vieille demoiselle d'un ton acide.

Virginia l'observait avec étonnement. Et une étrange comparaison lui vint à l'esprit:

«On dirait un lapin effrayé…»

Pourquoi Mlle de Rochebriac semblait-elle aussi mal à l'aise, aussi peu sûre d'elle? La jeune fille crut trouver l'explication: il était fort possible que son chaperon n'ait pas l'habitude de voyager et qu'elle ne se sente un peu dépassée par la mission dont le duc l'avait chargée…

— Comment allons-nous nous rendre à Rochebriac? demanda-t-elle.

— Par le train.

— Oh! fit seulement Virginia.

Elle était un peu déçue, car elle avait espéré que ce serait en voiture qu'elle traverserait plusieurs provinces françaises, avec de fréquentes haltes dans des petites villes pittoresques. En chemin de fer, elle verrait beaucoup moins de choses. Les trains devenaient de plus en plus rapides, et l'on n'osait pas se mettre à la fenêtre, de crainte d'avoir le visage noir de fumée. Sans compter le risque de recevoir des escarbilles dans l'œil!

— Nous allons d'abord nous rendre à Paris, où nous passerons la nuit, expliqua Mlle de Rochebriac. Puis, le lendemain matin, nous prendrons un autre train pour Tours, où une voiture devrait nous attendre…

— Pour nous conduire au château?

La vieille demoiselle ne répondit pas.

« On ne peut pas dire que mon chaperon soit des plus aimables ! » se dit Virginia.

À voix haute, elle demanda :

— À quelle heure est le train pour Paris ?

— Je ne sais pas.

« Ni très aimable ni très dégourdie ! » pensa la jeune fille sans beaucoup de charité.

Après un silence, Mlle de Rochebriac déclara d'un air piteux :

— Je n'ai pas pensé à noter les horaires.

— Je suppose que les liaisons ferroviaires entre Le Havre et Paris sont assez fréquentes...

Jugeant que c'était à elle de prendre la direction des opérations, Virginia déclara :

— Je vais demander que l'on descende mes bagages. Où est votre voiture ?

— Je n'en ai pas. Je suis venue à pied de la gare. Ce n'est pas loin.

— Lorsqu'on n'est pas chargé, peut-être. Mais j'ai quatre lourdes valises !

— Je suppose qu'il faudra prendre un porteur...

Mlle de Rochebriac parut très soucieuse.

— Cela va coûter cher !

« Et elle serait donc avare, en plus ? » se demanda Virginia.

Elle adressa un coup d'œil peu amène à celle qui allait devenir sa compagne de voyage.

— Ne vous inquiétez pas pour cela, déclara-t-elle d'un ton sec. J'ai de l'argent, je paierai le porteur.

La vieille demoiselle ne cacha pas son soulagement.

— Ah bon, tant mieux !

Virginia était de plus en plus étonnée. Quel étrange accueil ! Que signifiait tout cela ? Elle crut soudain trouver l'explication. Et si les Rochebriac étaient ruinés? Margie lui avait confié que son père possédait une grosse fortune. Le duc avait dû prendre ses renseignements et décider, en quelque sorte, de monnayer son titre.

Voilà pourquoi, au lieu de revenir sur une promesse inconsidérée, il avait au contraire décidé de pousser son fils à épouser une riche héritière!

« Quand je lui apprendrai que, non seulement je ne suis pas la fille de lord Walsgrave, mais que, de plus, je n'ai aucune intention de devenir sa belle-fille, il va recevoir un choc! Tant pis pour lui! Cela l'apprendra à faire de misérables calculs! »

La jeune fille se sentit soudain gagnée par la confusion. Comment pouvait-elle juger ainsi un homme qu'elle n'avait pas encore eu l'occasion de rencontrer?

« Ma mère aurait dit que je veux toujours aller plus vite que la musique. Au lieu d'échafauder des hypothèses invraisemblables, je ferais mieux d'attendre d'arriver à Rochebriac. À ce moment-là, je pourrai analyser la situation en toute connaissance de cause. »

La voix de son chaperon la ramena au moment présent.

— Voulez-vous que je vous aide à porter vos bagages?

— Je vous remercie, mais je ne veux pas vous transformer en portefaix! Je vais m'arranger avec un porteur... Cela ne vous ennuie pas de m'attendre ici? J'en ai pour un instant.

La jeune fille venait soudain de penser qu'elle avait oublié d'ôter les étiquettes à son nom qui étaient fixées sur chacune des valises.

Sans attendre la réponse de la vieille demoiselle, elle regagna sa cabine en courant. En hâte, elle ôta les étiquettes qu'elle glissa au fond de son sac. Puis demanda au steward d'appeler un porteur.

— Vous avez fait vite, grommela Mlle de Rochebriac lorsqu'elle la rejoignit.

Elle eut alors l'étrange impression que la vieille demoiselle aurait souhaité qu'elle ne revienne jamais.

«Il faut absolument que je mette un frein à mon imagination», pensa-t-elle.

Suivies par le porteur, elles se dirigèrent vers la gare, qui se trouvait quand même à une certaine distance. Cela ne dérangea pas la jeune fille, qui était bonne marcheuse. Cela ne sembla pas déranger davantage son chaperon. En revanche, le porteur suait à grosses gouttes, tout en pestant entre ses dents.

Mais lorsque Virginia lui donna un gros pourboire, il eut un large sourire.

— Merci beaucoup, mademoiselle! s'exclama-t-il en touchant le rebord de sa casquette.

Pendant que la jeune fille gardait les valises, Mlle de Rochebriac alla acheter les billets.

— Notre train part dans un quart d'heure, annonça-t-elle. Quai trois, voiture douze.

Virginia eut du mal à cacher sa stupeur quand elle s'aperçut qu'elles voyageraient en deuxième classe. Faisant contre mauvaise fortune bon cœur, elle se dit qu'il valait mieux prendre une telle expérience avec le sourire...

«Cela me permettra de faire une étude de mœurs!»

Mais ceux qui partageaient leur compartiment lui parurent vite sans intérêt. Il y avait là un couple d'un certain âge dont la femme ne cessait de récriminer, une nourrice accompagnée d'une petite fille qui geignait tout le temps, un officier subalterne et un jeune homme qui devait être commerçant ou voyageur de commerce.

Mlle de Rochebriac descendit sa voilette sur son visage jaune et se mit à sommeiller. Mais lorsque Virginia sortit dans le couloir, elle sursauta.

— Où allez-vous ?

— Ce sera bientôt l'heure du déjeuner. Je vais voir où se trouve le wagon-restaurant. Ne vous dérangez pas, je me charge de la réservation.

— Ce n'est pas la peine, j'ai des sandwiches au fromage et des pommes.

La stupeur de la jeune fille allait croissant. Comment était-il possible qu'un duc, même ruiné, puisse vivre de manière aussi mesquine ?

Un peu plus tard, tout en mordant sans appétit dans un morceau de pain dur au milieu duquel on avait glissé une mince tranche de fromage, Virginia décida de se charger de la suite du voyage.

Sans être en rien snob, elle estimait qu'un peu de confort n'était pas superflu. L'odeur du gros vin rouge ainsi que des sandwiches à l'ail et au saucisson qu'avaient sortis leurs compagnons de voyage ne convenait guère à ses narines délicates... De plus, probablement par inadvertance, Mlle de Rochebriac avait pris des places dans un compartiment fumeurs ! Et bien évidemment, tous les messieurs roulaient des cigarettes !

À leur arrivée à Paris, en fin d'après-midi, Virginia décida que l'expérience était plus que suffisante. Aussi, jugeant Mlle de Rochebriac capable de déclarer qu'elles n'avaient qu'à passer la nuit assises dans la salle d'attente, elle prit les devants :

— Je suppose que nous allons dormir à l'hôtel ?

— C'est cela. À l'aller, j'ai pris une chambre dans un petit établissement pas trop cher, à deux pas de la gare.

La jeune fille secoua la tête.

— Ah, non ! Chaque fois que j'ai eu l'occasion de venir à Paris avec mes parents, nous sommes toujours descendus au Grand Hôtel Inter-Continental, près de l'Opéra.

La vieille demoiselle faillit s'étrangler.

— Le Grand Hôtel Inter-Continental ? Mais j'ai entendu dire que c'était l'un des plus chers de Paris !

— Ne vous faites pas de soucis au sujet de la note. Je m'en chargerai.

— Dans ce cas... murmura Mlle de Rochebriac sans protester davantage.

Son visage jaune semblait un peu moins pincé. La perspective de découvrir l'un des palaces parisiens ne semblait pas lui déplaire.

— Et demain, j'achèterai moi-même les billets et nous irons à Tours en première classe ! poursuivit Virginia.

— Comme vous voulez, mademoiselle de Walsgrave, murmura la vieille demoiselle, vaincue. Comme vous voulez...

Le lendemain, dans le confortable compartiment de première classe où elles se trouvaient seules, Virginia tenta d'obtenir quelques informations au sujet du duc François de Rochebriac et de son fils Félix.

Mais dès qu'elle abordait ce sujet, son chaperon paraissait très mal à l'aise et tentait de détourner la conversation. Si la jeune fille insistait, elle se renfermait alors aussi hermétiquement qu'une huître.

Virginia la trouvait bien mystérieuse. Ce qui l'intriguait, sans toutefois la tracasser.

« Bah ! Je verrai bien une fois arrivée ! » se dit-elle.

Au lieu de prendre le premier train, aux aurores, comme le souhaitait Mlle de Rochebriac, elles étaient parties dans le courant de la matinée.

La vieille demoiselle semblait soucieuse.

— Nous allons arriver quatre heures plus tard que prévu ! Je crains fort que la voiture ne nous ait pas attendues !

— Si le duc n'a pas eu l'idée d'en envoyer une autre, nous prendrons un fiacre.

Mlle de Rochebriac lui adressa un coup d'œil presque venimeux.

— Vous avez toujours l'air de penser que tout est simple...

— Non. Je sais parfaitement qu'il existe des situations compliquées et que l'on peut se trouver devant des obstacles imprévus bien difficiles à franchir...

Avec un sourire, la jeune fille conclut :

— Mais le problème que vous venez de soulever n'en est pas un. Il ne faut pas faire une montagne d'une taupinière.

— On voit bien que vous ne savez pas que...

Consciente d'en avoir déjà trop dit, la vieille demoiselle s'interrompit brusquement. Virginia, qui commençait à la connaître, devina qu'elle n'en révélerait pas davantage et jugea inutile de la questionner.

Lorsqu'elles arrivèrent en gare de Tours, après un voyage sans histoire, elles durent se rendre à l'évidence : aucune voiture ne les attendait. Quant aux quelques fiacres arrêtés devant la gare, ils avaient déjà été retenus par d'autres voyageurs.

Si Mlle de Rochebriac paraissait très contrariée, ce contretemps n'affecta guère la jeune fille.

— Les fiacres vont forcément revenir. Nous n'avons qu'à les attendre. À quelle distance se trouve Rochebriac de Tours ?

— À plus de cinquante kilomètres.

— Pourquoi ne me l'avez-vous pas dit plus tôt ? s'écria la jeune fille. Jamais le cocher d'un fiacre n'acceptera de parcourir une pareille distance ! Il faut louer une bonne voiture...

— Lou... louer une voiture...

— Et quatre bons chevaux.

Pour faire taire les objections de son chaperon – qui était peut-être très avare et préférait garder pour elle l'argent qu'on lui avait remis –, Virginia ouvrit sa bourse. Elle possédait maintenant des francs car elle avait changé à Paris ses derniers Deutsche Mark, ses quelques florins, ainsi qu'une petite liasse de livres sterling.

Prier Mlle de Rochebriac d'aller choisir une voiture ? Ce n'était certainement pas la solution !

« Nous risquons de nous retrouver dans une vilaine chaise de poste défoncée tirée par deux haridelles... »

À voix haute, la jeune fille déclara :

— Je vais m'occuper de tout moi-même. Cela ne vous ennuie pas de garder mes valises pendant ce temps ?

Pas fâchée d'être délivrée d'un souci, son chaperon s'empressa de répondre :

— Pas du tout, vous me retrouverez assise dans la salle d'attente.

— Savez-vous où je trouverai une écurie de louage ?

— Je n'en ai aucune idée...

— Bah, je n'aurai qu'à demander...

L'employé des chemins de fer auquel la jeune fille s'adressa lui donna les renseignements nécessaires. Plusieurs fiacres étaient déjà revenus et elle aurait pu en prendre un pour se rendre à l'adresse indiquée. Mais comme ce n'était pas bien loin, elle décida de faire le chemin à pied. D'autant plus qu'elle avait envie de se dégourdir les jambes après être restée si longtemps assise dans le train!

Elle traversait une rue d'un bon pas quand le talon de sa bottine se prit malencontreusement entre deux pavés disjoints. Au moment où elle cherchait à se dégager, un élégant phaéton vert foncé, tiré par quatre fringants pur-sang noirs, arriva au grand trot.

Terrifiée, la jeune fille redoubla ses efforts pour se libérer.

« C'est trop stupide! Je ne vais tout de même pas me faire renverser par une voiture! »

Celui qui menait ce superbe attelage s'arrêta en catastrophe, à un mètre d'elle à peine. Dès qu'il sauta en bas de son phaéton, le valet en livrée qui se tenait debout à l'arrière courut tenir les chevaux.

Une fraction de seconde plus tard, un homme prit la jeune fille par la taille.

— Tirez de toute votre force...

Se sentant soutenue, elle put s'arc-bouter et son pied se libéra enfin.

— Oh, merci! s'exclama-t-elle.

Son sauveteur était un homme de vingt-sept ou vingt-huit ans, grand et mince, avec des cheveux sombres, un menton volontaire, un beau visage bien dessiné dans lequel brillaient des yeux gris très lumineux... et un sourire très chaleureux.

Déjà sous le charme, Virginia répondit à ce sourire.

— Merci, répéta-t-elle.
Avec confusion, elle ajouta :
— Je me sens complètement ridicule... Mais j'ai eu bien de la chance que vous ayez pu arrêter votre attelage à temps !
Il éclata de rire.
— Je n'allais tout de même pas écraser une aussi charmante personne !
— Et c'est bien grâce à vous que j'ai pu enfin me dégager.
— La solution aurait été de vous déchausser.
— J'y pensais juste au moment où vous êtes arrivé. Cela m'aurait permis de tirer sur ma bottine à deux mains... Et au diable les bonnes manières !
Amusé, il rétorqua :
— Dans certaines circonstances, il faut savoir les oublier.
Leurs yeux se rencontrèrent, s'accrochèrent... Virginia sentit les battements de son cœur s'accélérer follement, tandis qu'une légère rougeur colorait ses joues veloutées.
Lorsqu'elle s'aperçut que ce bel inconnu la tenait toujours par la taille, sa rougeur s'accentua. Elle s'écarta de lui au prix d'un certain effort. Car si elle s'était écoutée, elle serait restée dans ses bras ! Quant à lui, ce fut avec un visible regret qu'il la laissa aller.
Plus troublée que jamais, Virginia n'osait plus le regarder. Que lui arrivait-il donc ?
— Ces pavés sont terribles, remarqua-t-il. Vous n'êtes pas la première à y laisser un talon !
— J'ai eu de la chance : ma bottine est intacte !
Elle leva le pied pour la lui montrer.
— Voyez ! Le chevreau n'est même pas éraflé !
— Vous êtes charmante, remarqua-t-il à mi-voix, comme pour lui-même.

Ce n'était pas avec de pareils compliments que Virginia allait réussir à se reprendre !

— Vous avez un léger accent, poursuivit-il, visiblement intrigué. Un accent à peine perceptible, délicieux...

— Je ne suis pas française.

Il haussa les sourcils.

— Vraiment ? Vous parlez pourtant très bien notre langue.

— Merci.

Ils demeuraient debout l'un devant l'autre, sans se décider à prendre congé. Cet homme à la silhouette bien prise dans une tenue d'équitation avait une allure folle avec ses hautes bottes en box noir, bordées d'une bande en cuir fauve. Et le cœur de Virginia continuait à battre la chamade...

« Serait-ce cela, le coup de foudre ? » se demanda-t-elle.

Le coup de foudre ? Ridicule ! L'amour ne pouvait pas naître ainsi, dans la rue, entre deux personnes que seul le hasard avait réunies l'espace d'un instant. Deux personnes qui ne savaient absolument rien l'une de l'autre...

Elle n'avait pas envie de partir, mais lui non plus. Et il crut trouver le moyen de rester plus longtemps en compagnie de la ravissante étrangère blonde avec laquelle il venait d'échanger quelques mots.

— Ce petit incident a dû vous secouer, déclara-t-il. Vous sentez-vous en état de continuer votre chemin à pied ? Je serais très heureux de vous déposer là où vous le souhaitez.

Virginia aurait été ravie de monter dans cet élégant phaéton, auprès de ce séduisant inconnu... et d'aller jusqu'au bout du monde dans un tel équipage !

Hélas, elle se trouvait maintenant à deux pas du loueur de chevaux ! Elle voyait son enseigne se balancer à moins de cinquante mètres !

— Vous êtes très aimable, mais je me rends tout simplement au coin de la rue, là-bas...

Il parut très surpris.

— Vous allez louer des chevaux ? En acheter ?
— Il me faut une voiture.
— Ah !

Il hésita. Et, curieusement, Virginia devina ce qu'il pensait. Oserait-il lui proposer de la conduire à destination ? Hélas, cela ne se faisait pas ! La bonne éducation l'emporta, et il s'inclina courtoisement avant de déclarer d'un ton presque mélodramatique :

— Adieu, ravissante inconnue...

Elle sourit. Et, du même ton :

— Adieu, mon sauveteur !

Elle désigna les pavés disjoints.

— Quand je pense que, sans votre présence d'esprit, j'aurais peut-être été piétinée par les sabots de ces quatre magnifiques pur-sang !

— À Dieu ne plaise !

Pendant que la jeune fille s'éloignait, il reprit sa place dans le phaéton et s'empara des rênes que lui tendait son valet. En passant près de Virginia, il agita gentiment la main. Elle en fit autant. Et ce fut le cœur lourd de regret qu'elle suivit des yeux cette superbe voiture qui s'éloignait au trot cadencé des chevaux...

Soudain, son regard s'arrêta sur la couronne qui ornait les portières basses, laquées de vert foncé.

Une couronne ducale !

Or la jeune fille savait parfaitement que les ducs étaient rares, tant en Angleterre qu'en France. Le hasard lui aurait-il permis de rencontrer le fils du duc de Rochebriac ? Celui que Margie de Walsgrave était censée épouser ?

Ce serait trop beau...

« Je suis sûre que son John Grimsby, même s'il est très séduisant, n'arrive pas à la cheville de cet aristocrate français », pensa-t-elle, tandis que son cœur se remettait à battre plus follement que jamais.

Elle crut soudain entendre la voix de Margie :

« Imaginez que ce soit le coup de foudre entre vous et Félix de Rochebriac ? Ce serait la solution idéale ! »

Rêveuse, elle ralentit le pas.

« Si celui que je viens de rencontrer est vraiment le fils du duc de Rochebriac, j'ai vraiment trop de chance ! »

4

Mlle de Rochebriac parut épouvantée en voyant Virginia sauter en bas d'une confortable berline tirée par quatre solides chevaux bais.

— Mon Dieu ! La location d'une pareille voiture a dû coûter une fortune !

— Bah !

— On voit bien que l'argent ne compte pas pour vous ! lança la vieille demoiselle d'une voix aigre.

Virginia ne répondit pas, jugeant qu'une pareille remarque ne méritait pas de commentaires.

Aidé par un porteur à l'affût d'un pourboire, le cocher était déjà en train de charger les bagages de ses clientes dans la malle arrière de son véhicule. Outre les valises de Virginia, il y avait le sac de voyage appartenant à Mlle de Rochebriac. Un vieux sac en cuir fendillé au fermoir en cuivre terni qui avait bien triste allure !

— Il faut que vous donniez à notre cocher les indications nécessaires pour atteindre Rochebriac, dit Virginia à la vieille demoiselle.

Complètement paniquée, celle-ci brandit son parapluie noir vers le ciel.

— Notre cocher ! Mon Dieu ! Quand je pense que...

Elle laissa sa phrase en suspens. Virginia la regarda avec stupeur avant de hausser les épaules.

— Il n'y a aucune raison de s'affoler, ne put-elle s'empêcher de remarquer.
— Ah! On voit bien que...

Mlle de Rochebriac s'interrompit brusquement avant de regarder autour d'elle d'un air plein de suspicion. Elle semblait redouter d'en avoir trop dit et d'avoir été entendue.

Plus calmement, elle reprit :

— Vous avez raison, mademoiselle de Walsgrave, il n'y a aucune raison de s'affoler. Aucune !

Mais elle n'en paraissait guère convaincue...

« Comme elle est bizarre ! » pensa la jeune fille.

Elle ne parvenait pas à se faire d'opinion au sujet de son chaperon.

« Ou bien elle me cache quelque chose... ou bien elle est un peu folle. »

Pendant que Mlle de Rochebriac allait trouver le cocher, Virginia songeait au séduisant inconnu qui l'avait prise par la taille... Le reverrait-elle ? Elle l'espérait de tout son cœur. Et sans toutefois trop oser y croire, elle se disait que le destin venait peut-être de la mettre en face de celui que Margie aurait dû épouser.

Il fallait qu'elle en ait le cœur net !

Elle attendit que la voiture soit déjà assez loin de la gare pour demander d'un ton négligent :

— Félix de Rochebriac possède-t-il un phaéton vert foncé ?

Son chaperon faillit s'étrangler.

— Félix ? Un... un phaéton ?

— Oui, un élégant phaéton tiré par quatre splendides pur-sang noirs...

— Quelle idée ! Ah, le pauvre Félix ! Pourquoi me posez-vous une pareille question ?

— Parce que... euh, parce que je viens d'en voir un passer, et je me demandais si...

— Vous avez beaucoup d'imagination, mademoiselle de Walsgrave, coupa la vieille demoiselle d'un air pincé.

Virginia ne répondit pas. Mlle de Rochebriac venait de réduire ses espoirs à néant. Pourtant, malgré tout, son intuition lui disait que c'était bien le fils du duc qu'elle avait rencontré.

« Si je ne me trompe pas, pourquoi n'est-il pas venu me chercher à la gare ? Il me semble qu'il aurait dû se trouver là chaque fois qu'un train arrivait de Paris... À moins que, tout comme Margie, il ne soit horrifié à la perspective d'un mariage forcé. »

Une fois de plus, elle se demanda comment deux jeunes gens avaient pu être assez idiots pour faire un serment impliquant des personnes qui, à l'époque, n'étaient pas encore nées !

La voiture ne tarda pas à quitter la ville au trot cadencé des chevaux. Virginia regardait défiler les paysages verdoyants de la Touraine, les maisons anciennes en tuffeau blanc, coiffées de toits d'ardoise, et la Loire omniprésente, dont l'eau scintillante reflétait un ciel changeant.

— C'est bien joli, remarqua la jeune fille.

Mlle de Rochebriac sursauta.

— Ah, oui ? Vous trouvez ?

Elle ne cessait de croiser et de décroiser nerveusement ses doigts maigres sur sa jupe noire. Quelque chose la tracassait, c'était évident depuis le début...

« Bah ! Je ne tarderai pas à avoir la clef du mystère », se dit Virginia.

Et, sans s'inquiéter davantage de l'angoisse de plus en plus palpable de son chaperon, elle s'absorba dans la contemplation du panorama.

La vieille demoiselle demeura silencieuse dans son coin pendant toute la durée du trajet. Elle gardait les yeux fixés sur le bout de ses bottines, sans s'intéresser le moins du monde à des panoramas qu'elle ne devait que trop connaître.

Elles avaient quitté la ville depuis un certain temps quand Mlle de Rochebriac déclara :

— Nous n'allons pas tarder à arriver.

Virginia avait déjà remarqué à distance, perché sur une colline dominant le fleuve, un splendide château dont les tourelles se détachaient sur un ciel pur.

— C'est Rochebriac que je vois là-bas ?

Son chaperon ne leva même pas les yeux vers le château.

— Oui, c'est bien le château de Rochebriac, fit-elle d'un ton morne.

— Quelle magnifique propriété ! s'enthousiasma Virginia.

— Hum !

— De quelle époque date-t-elle ? Du XVIIe siècle, dirait-on.

— Comment le savez-vous ? demanda la vieille demoiselle d'un air grincheux.

— J'ai étudié l'architecture française.

Pouvoir passer quelques jours dans une pareille demeure ? Quel rêve !

« J'espère que les Rochebriac me le proposeront... même si je ne suis pas celle qu'ils attendaient. S'ils sont beaux joueurs, ils me recevront aimablement... malgré tout. »

Pendant qu'elle continuait à admirer le château, son chaperon fit coulisser la petite fenêtre qui permettait de communiquer avec le cocher et lui donna quelques instructions supplémentaires.

C'était au pas que, maintenant, la voiture longeait le parc du château. Virginia put ainsi contempler à loisir les jardins qui descendaient en pente douce jusqu'à la Loire. Elle vit des pièces d'eau, des fontaines, des statues, des pelouses aussi vertes, aussi veloutées que les gazons anglais, des arbres centenaires, de superbes massifs de fleurs...

La grille monumentale en fer forgé, ornée d'entrelacs dorés, était grande ouverte sur une large allée sablée bordée d'une triple rangée de chênes.

Virginia s'attendait que le cocher s'y engage. Mais au lieu de cela, il poursuivit sa route.

Stupéfaite, la jeune fille se tourna vers son chaperon.

— Mais...

Sans la regarder, Mlle de Rochebriac se contenta de laisser échapper un ricanement bref.

Virginia crut deviner ce qui se passait :

— Nous nous rendons directement aux écuries, par un autre chemin ? C'est cela ?

Mais elle n'eut droit, pour toute réponse, qu'à un autre ricanement.

Le cocher remit ses chevaux au trot. Et la voiture s'éloigna du château.

Que signifiait tout cela ?

— Je ne comprends pas, murmura la jeune fille.

Elle ne s'attendait pas, toutefois, à recevoir des explications. Car elle commençait à connaître Mlle de Rochebriac. Ses silences et ses réticences...

Après environ un quart d'heure de trajet, les chevaux repassèrent au pas.

— Nous arrivons, annonça Mlle de Rochebriac.

— Vous m'avez déjà dit cela tout à l'heure ! ne put s'empêcher de rétorquer la jeune fille.

La vieille demoiselle ne répondit pas.

Quelques minutes plus tard, la voiture pénétra dans un vaste jardin laissé complètement à l'abandon. Au fond s'élevait une longue demeure en tuffeau qui avait dû être très jolie autrefois, mais qui était elle aussi fort mal entretenue. Des ardoises avaient glissé du toit pour s'écraser dans les herbes folles, et la peinture des volets, dont la plupart étaient clos, s'écaillait lamentablement.

« On dirait une maison abandonnée », pensa Virginia.

À voix haute, elle demanda :

— Où sommes-nous ?

Son chaperon lui adressa un coup d'œil presque venimeux.

— Chez mon cousin François de Rochebriac.

Virginia se demanda si elle avait bien entendu.

— Quoi ? Nous sommes chez le duc ?

Son chaperon laissa échapper un rire sardonique.

— Le duc, ha, ha !

Virginia la regarda avec stupeur. Cette vieille demoiselle timide ressemblait soudain à la vilaine sorcière de ses livres d'images d'autrefois.

Après avoir monté une allée pleine d'ornières, la voiture s'arrêta devant un perron dont les marches disjointes étaient recouvertes de mousse. Personne ne vint ouvrir la porte, ce qui ne surprit pas autrement la jeune fille.

Mlle de Rochebriac descendit la première. Lorsque Virginia sortit à son tour de voiture, elle trouva le cocher en train de décharger leurs bagages.

Maintenant qu'elle se retrouvait en terrain connu, la vieille demoiselle n'hésitait pas à révéler son caractère aigri.

— Êtes-vous sûre de vouloir rester, mademoiselle ? lança-t-elle d'un ton sarcastique.

— J'ai fait tout ce voyage pour rencontrer le duc et son fils, se contenta de répondre la jeune fille.

Mais elle commençait à se demander où elle était tombée. Un soupçon lui vint... Était-ce bien là où elle était attendue que Mlle de Rochebriac venait de l'amener ?

— Nous sommes chez le duc François de Rochebriac et son fils Félix, n'est-ce pas ? interrogea-t-elle.

Son chaperon lui adressa un coup d'œil hostile.

— Nous sommes bien chez François et Félix de Rochebriac.

La vieille demoiselle avait l'air de se moquer d'elle, et de plus en plus ouvertement.

Soudain, la porte s'entrouvrit. Le visage chafouin d'un vieil homme vêtu d'un gilet à rayures jaunes et noires apparut dans l'entrebâillement.

— Ah, vous voilà donc de retour, mademoiselle de Rochebriac ? Avez-vous fait bon voyage ?

— Peuh !

Derrière le domestique se tenait une femme de chambre au tablier taché et déchiré.

— On vous attendait plus tôt ! lança cette dernière.

La vieille demoiselle haussa les épaules.

— Nous serions arrivées plus tôt si nous avions pris le premier train.

— Ah, c'est donc cela ! Monsieur avait envoyé la charrette pour vous chercher à la gare. Mais comme il ne vous a pas vue, le fermier est revenu.

— Il aurait pu attendre le train suivant.

— C'est qu'il a autre chose à faire.

Restée un peu en retrait, Virginia écoutait cette conversation. Comme si elle n'avait pas été là, Mlle de Rochebriac discutait avec les domestiques. Ces derniers la regardaient par en dessous avec une visible curiosité.

Le cocher s'approcha d'elle.

— Eh bien, vous voilà arrivée à destination, mademoiselle.

— Merci beaucoup. Combien vous dois-je ?
— Ce que mon patron vous a dit au moment du départ...

Lorsque Virginia lui donna la somme convenue, sans oublier d'y ajouter un bon pourboire, il la remercia chaleureusement.

— Si tous les clients pouvaient être aussi généreux, le métier serait drôlement agréable !

À l'instar de Mlle de Rochebriac, le valet et la femme de chambre avaient fixé les yeux avidement sur chacun des billets que la jeune fille sortait de son sac. L'argent semblait rare dans cette maison...

Virginia regarda autour d'elle. L'air était doux et une brise légère apportait des senteurs de foin et de plantes aromatiques. Tout près de là, un massif de roses étouffé par des ronces embaumait...

— Bon, fit le cocher, je suppose qu'il ne me reste plus qu'à faire demi-tour...

Sans réfléchir, Virginia déclara :

— Vous ne pouvez pas reprendre la route tout de suite. Vos chevaux doivent se reposer. Et il faudrait aussi qu'on leur donne à boire.

Elle se tourna vers son chaperon.

— Vous ne croyez pas que... commença-t-elle.

Mais Mlle de Rochebriac se moquait bien des chevaux ! Elle haussa les épaules avec agacement avant de lancer d'une voix perçante :

— Il n'a qu'à s'arrêter à l'auberge du village !
— C'est exactement ce que je vais faire, riposta le cocher.

Et, moqueur :

— Merci pour le conseil !

Virginia devint écarlate. Même si elle n'y était pour rien, elle avait honte de la manière dont cet homme qui les avait amenées à bon port était traité...

Lorsque la voiture repartit, elle se sentit soudain très seule au milieu d'un monde hostile.

— Eh bien, entrez! fit la vieille demoiselle d'un air revêche.

Virginia hésita.

— Le duc...

Mlle de Rochebriac la poussa en avant.

— Entrez! répéta-t-elle.

Bon gré mal gré, la jeune fille fut bien obligée de pénétrer dans un hall qui sentait le moisi et le renfermé. Le valet et la femme de chambre avaient disparu derrière une portière en velours presque en loques, et elle les entendait pouffer au loin.

— Par ici!

À la suite de son chaperon, elle traversa le hall et arriva dans un vaste salon qui était – ce qui ne l'étonna pas! – en aussi pitoyable état que le reste de la maison.

L'homme qui se trouvait assis au fond de la pièce, dans un grand fauteuil Voltaire, se leva péniblement en s'appuyant sur ses béquilles. Il arrivait à peine aux épaules de la jeune fille. Avec son visage pâle aux traits qui semblaient inachevés, ses yeux cachés derrière d'épaisses lunettes de myope et son front déjà dégarni, il aurait pu avoir trente ans comme cinquante... ou soixante-dix!

Avec une satisfaction méchante, la vieille demoiselle annonça:

— Voici Félix de Rochebriac!

Là-dessus, elle laissa échapper un rire perçant.

La stupeur de Virginia était telle qu'il lui fallut quelques instants avant de réussir à se dominer.

Mais dès qu'elle y parvint, elle le fit avec toute l'élégance voulue. En souriant, elle tendit la main au pauvre être souffreteux qui se tenait devant elle.

— Bonjour, monsieur.

Sa réaction surprit visiblement Félix. Il lui serra la main avec une chaleur inattendue.

— Bonjour, mademoiselle de Walsgrave. Je suis navré...

Il prit une profonde inspiration avant de répéter avec force :

— Oui, je suis navré du malencontreux enchaînement de circonstances qui vous a valu d'entreprendre un tel voyage.

Soudain, il paraissait presque au bord des larmes. N'écoutant que son bon cœur, la jeune fille s'efforça de le mettre à l'aise.

— C'était un voyage très agréable qui m'a permis de découvrir la Touraine. Quelle magnifique province !

Pour la première fois, il sourit. Et alors, son visage se transforma. Soudain, il paraissait plus jeune – presque heureux.

Quant à Mlle de Rochebriac, elle s'éloigna de quelques pas d'un air renfrogné. Elle s'attendait à un éclat et regrettait visiblement que celui-ci ne se soit pas produit... L'attitude de celle qu'elle prenait toujours pour Margie de Walsgrave la laissait frustrée.

Félix reprit sa place dans le grand fauteuil Voltaire.

— Excusez-moi, mais il m'est impossible de rester longtemps debout.

Et, désignant un fauteuil :

— Asseyez-vous, je vous en prie.

Virginia ne se fit pas prier. Même si elle faisait bonne figure, elle était bouleversée intérieurement.

« Mon Dieu, où suis-je tombée ? se demanda-t-elle. Que signifie tout cela ? »

Félix de Rochebriac lui adressa un regard timide.
— Je vous dois des explications. Cela ne sera pas facile, j'en conviens... Je vous avouerai que je ne parviens pas à comprendre comment nous en sommes arrivés là !

Il secoua la tête.

— Il aurait été tellement plus facile, auparavant, de...

Sans terminer sa phrase, il haussa les épaules.

— Mais voilà, reprit-il d'un air fataliste, les choses sont allées trop loin. Beaucoup trop loin ! Et quand nous nous en sommes aperçus, il était malheureusement trop tard.

— Je ne comprends pas, avoua la jeune fille.

— Je m'en doute. Jamais vous n'auriez dû venir jusqu'ici, mademoiselle de Walsgrave ! Jamais !

Elle s'efforça de démêler un écheveau fort compliqué.

— Laissez-moi tenter de m'y retrouver. Vous êtes bien Félix de Rochebriac ?

— Oui.

Comprenant que le grand drame dont elle se réjouissait à l'avance n'aurait pas lieu, Mlle de Rochebriac sortit en grommelant des paroles indistinctes.

— Félix de Rochebriac, le fils du duc de Rochebriac ? insista Virginia.

— Non.

La jeune fille sursauta.

— Non ?

— Laissez-moi tout d'abord vous redire combien je suis désolé de cette invraisemblable situation... même si je n'en suis en rien responsable, dit Félix.

Un profond soupir gonfla son étroite poitrine.

83

— Je sais bien qu'il ne pourra jamais être question d'un mariage entre une ravissante débutante comme vous et un pauvre infirme comme moi !

— Que vous est-il arrivé ? ne put s'empêcher de demander Virginia avec compassion. Un accident ?

— J'ai eu la poliomyélite à douze ans. Cette terrible maladie a interrompu ma croissance et m'a laissé les séquelles que vous voyez...

— Comme c'est triste !

— On s'y habitue, fit-il, résigné. On s'habitue à tout !

De nouveau, il sourit. De nouveau, son visage s'illumina.

— Mais vous n'êtes pas venue ici pour m'entendre parler de mes petites misères. Vous êtes venue parce que deux hommes, autrefois, ont pris le plus stupide des engagements...

— Le plus stupide des engagements ? s'écria Virginia. Là, je suis absolument de votre avis. Ils n'avaient qu'une seule excuse : ils étaient jeunes et irresponsables à l'époque où ils se sont fait cette ridicule promesse. J'estime cependant qu'ils auraient dû, par la suite, avoir le courage d'admettre qu'ils avaient eu tort. D'autant plus que cela impliquait d'autres personnes !

Félix hocha la tête.

— Des personnes qui, à l'époque, n'étaient même pas nées, renchérit-il.

— Le duc... commença Virginia.

— Mon père n'est pas le duc de Rochebriac.

— Mais alors...

— Mon père n'est qu'un lointain cousin du duc...

Virginia fronça les sourcils.

— Et Mlle de Rochebriac ?

— C'est ma tante, la sœur aînée de mon père. Il y a une trentaine d'années, cette branche des

Rochebriac possédait encore une certaine fortune. Lorsque mon père est allé passer un an en Angleterre, il a pu briller en société grâce à cet argent qu'il dépensait sans compter... et aussi grâce à son nom.

Avec un visible effort, il poursuivit :

— François de Rochebriac... un beau nom, certes. Mais mon père, qui était jeune et snob, a voulu impressionner tout le monde et il n'a pas hésité à usurper le titre de son cousin. Il s'est donc présenté comme étant le duc de Rochebriac... Ce qui lui a ouvert toutes les portes !

— Oh ! put seulement dire la jeune fille.

— Voilà. Vous savez tout... Mais le plus navrant, c'est que cette stupide plaisanterie ait duré jusqu'à aujourd'hui, conclut-t-il amèrement.

— Comment est-ce possible ? Votre père devait bien se douter que la vérité serait découverte un jour ou l'autre !

— Il jouait les autruches.

— Il aurait mieux fait d'avouer ce qu'il en était !

Félix parut aussi gêné que le faux duc de Rochebriac devait l'être.

— Il avait probablement honte de devoir reconnaître qu'il avait menti. Il faisait le dos rond en se disant que lord de Walsgrave oublierait cet absurde serment. Et puis je vous avouerai que mon père a toujours été optimiste. Il devait espérer un miracle...

— Mais quand il a appris que... que la soi-disant fiancée de son fils était en route, comment a-t-il réagi ?

Félix baissa la tête.

— Malheureusement, mon père n'est plus en état de réagir. Il est alité, gravement malade, et les médecins ne lui laissent plus longtemps à vivre.

— Je suis désolée...

Virginia était arrivée prête à la bataille, bien décidée à dire au soi-disant duc de Rochebriac et à son fils ce qu'elle pensait. Mais devant la situation qu'elle découvrait, elle se sentait surtout envahie de pitié.

Après un silence, elle demanda :

— Et vous, pourquoi n'avez-vous pas écrit à lord de Walsgrave en lui disant que ce mariage était impossible ?

— Si j'avais pu deviner ce qui se tramait, c'est ce que j'aurais fait immédiatement, vous pensez bien ! Malheureusement, je n'étais au courant de rien !

— Quoi ! Vous ne saviez pas que...

— Non, jamais mon père ne m'avait parlé de cet arrangement.

— Et votre tante, Mlle de Rochebriac ?

— Elle a suivi à la lettre les instructions que lui avait données mon père avant d'être victime de cet accident vasculaire. Comme il le lui avait demandé, elle est allée vous chercher au Havre.

— Comment votre père espérait-il se tirer de cette situation ? De ce piège, devrais-je dire...

— Honnêtement, je l'ignore.

Il baissa la tête avant d'ajouter d'un air gêné :

— Je dois vous avouer que depuis deux ou trois ans, mon père n'avait plus toute sa tête à lui...

Avec un visible effort, il poursuivit :

— Par moments, il était tout à fait normal. Puis il déraillait complètement. Par exemple, il me disait que lorsque je serais devenu duc, je ferais un très beau mariage. Je ne prêtais pas autrement attention à ses divagations. J'étais loin de penser qu'elles pouvaient reposer sur une certaine base.

Virginia fronça les sourcils.

— Laissez-moi tenter de comprendre. Soit votre père ne savait plus trop ce qu'il disait. Soit vous n'étiez au courant de rien. Mais pourquoi votre tante ne vous a-t-elle pas expliqué ce qu'il en était ? De cette manière, vous auriez pu tout arrêter à temps !

— C'est seulement la veille de son départ pour Le Havre qu'elle m'a raconté toute l'histoire.

— Et vous n'avez pas tenté de l'empêcher de partir ?

— Il était trop tard : vous étiez déjà en route ! Pouvions-nous vous laisser débarquer seule dans un pays étranger ?

— Votre tante aurait dû me parler franchement alors que nous étions encore au Havre ! Au lieu d'entreprendre ce voyage, j'aurais aussitôt pris un autre bateau pour Southampton.

— C'était la solution, je suis bien de votre avis. D'ailleurs, j'ai demandé à ma tante de tout vous expliquer dès qu'elle vous verrait. Elle a refusé catégoriquement.

— Pourquoi ?

— La pauvre était complètement dépassée par les événements. Elle n'a jamais pris une initiative de sa vie. Elle qui n'est jamais allée plus loin que Tours était terrifiée à la perspective de ce qui l'attendait. En même temps, elle tenait à respecter la volonté de mon père, qu'elle adore, qu'elle admire, qu'elle considère presque comme un dieu...

Après avoir marqué une légère hésitation, il murmura :

— Par ailleurs, elle a un petit côté sadique. Je crois que cela ne lui déplaisait pas de voir une jeune personne trop gâtée recevoir la leçon de sa vie.

Virginia laissa échapper un rire bref.

— La petite débutante anglaise persuadée d'épouser un duc français allait tomber de haut, n'est-ce pas ?
— Oui, admit-il.
Virginia secoua la tête.
— Quelle invraisemblable histoire !
— Je le sais...
— Me faire venir jusqu'ici pour me raconter tout cela !
— Ce n'était pas moi qui pouvais me déplacer, fit-il d'un ton où perçait un léger reproche. Je me suis retrouvé piégé... tout comme vous.
— Oui, quelle invraisemblable histoire ! répéta la jeune fille. Et quand je pense qu'il suffisait d'un peu de bon sens et de simplicité pour tout arranger...
Avec curiosité, elle demanda :
— Je suppose qu'il y a eu un échange de correspondance entre votre père et lord de Walsgrave ?
— Je le suppose aussi.
— Comment se fait-il que du courrier adressé au duc de Rochebriac arrivait ici ? demanda Virginia avec curiosité.
— Mon père reçoit souvent des lettres dont la suscription est ainsi libellée : « M. le duc François de Rochebriac, manoir de Candeuil ».
Par charité, Virginia évita de faire la moindre réflexion. Elle estimait cependant que le père de Félix devait être bien vaniteux pour se targuer d'un titre auquel il n'avait aucun droit !
Avec un petit sourire, elle lança :
— Je croyais que les titres n'existaient plus depuis la Révolution française.
— En théorie. Mais en pratique, ceux qui en ont un ne l'abandonneraient pour rien au monde.
Félix examina la jeune fille d'un air soucieux.
— Je suis navré, répéta-t-il encore une fois.

— Vous n'y êtes pour rien. Vous êtes une victime, tout comme moi.

— Mon père ne peut pas vous présenter d'excuses. Secrètement, ma tante doit se réjouir de votre déconvenue. Je suis donc le seul à pouvoir vous dire combien je suis...

Gênée, Virginia l'interrompit.

— Je vous en prie !

Elle prit une profonde inspiration avant de déclarer :

— Moi aussi, j'ai quelque chose à vous avouer.

Il la regarda avec étonnement.

— Vous ?

— Oui... Sachez que la petite débutante anglaise persuadée d'épouser un duc français ne tombe pas de haut, comme le pensait votre tante !

— Vous n'êtes donc pas trop déçue ?

— Je n'avais aucune intention de devenir votre femme. Même pour obtenir un titre de duchesse !

— Je m'en doute, soupira-t-il en contemplant ses béquilles d'un air morne.

Et, avec une douloureuse ironie :

— Tout d'abord, je ne suis pas duc. Ensuite, j'ai toujours su que je ne me marierais jamais.

La jeune fille devint écarlate.

— Non, ne vous méprenez pas ! s'écria-t-elle. Ce n'est pas à cause de... de votre handicap, mais... euh...

Mieux valait en finir le plus rapidement possible ! D'un trait, elle déclara :

— Mais tout simplement parce que je ne suis pas Margie de Walsgrave.

Cette fois, Félix demeura sidéré.

— Je ne suis pas Margie de Walsgrave, répéta Virginia en martelant ses paroles.

Félix retrouva enfin sa voix :

— C'est à moi de ne plus rien y comprendre...

Et, après un silence :

— Si vous n'êtes pas Margie de Walsgrave, comment vous appelez-vous ?

— Virginia de Storrington.

— Et... et que faites-vous ici ?

Jugeant inutile de narrer ses tribulations chez les Lueger, elle en vint directement à son voyage à bord du *Wilhelm II*.

— Le hasard a voulu que je me trouve à bord d'un bateau qui allait de Hambourg à Rabat, en passant par Amsterdam, Le Havre et Lisbonne. J'étais censée, une fois arrivée au Havre, prendre un autre bateau pour regagner l'Angleterre. Mais voilà que j'ai entendu quelqu'un pleurer dans la cabine voisine de la mienne...

Après avoir raconté dans quelles circonstances elle avait fait la connaissance de Margie de Walsgrave, elle conclut :

— C'est donc pour venir en aide à celle qui est très vite devenue mon amie que je me trouve maintenant ici.

Ce fut au tour de Félix de s'exclamer :

— Quelle histoire invraisemblable ! Ainsi, parce que vous avez eu la gentillesse de secourir une inconnue, vous vous retrouvez en Touraine ?

Sans attendre qu'elle réponde à sa question, il poursuivit :

— Vous auriez pu dire à ma tante que vous n'étiez pas Mlle de Walsgrave et prendre votre bateau pour Southampton !

— Premièrement, je n'étais nullement pressée de retourner en Angleterre. Deuxièmement, j'avais envie de découvrir la Touraine. Et troisièmement, je craignais que Mlle de Rochebriac ne prévienne lord Walsgrave. Ce dernier aurait tout fait pour

empêcher le mariage de Margie et de celui qu'elle aimait.
— Vous êtes bonne et généreuse...
— Bah !
La jeune fille eut un sourire moqueur.
— Il y avait aussi une quatrième raison. Comme il m'était impossible d'aller trouver lord Walsgrave pour lui faire la leçon, j'espérais au moins pouvoir dire au duc de Rochebriac que l'on ne prenait pas d'engagements au nom d'une autre personne.
— Bonne, généreuse... et redresseuse de torts !
— Le comportement de votre père et de celui de Margie me semblait honteux. Certes ils étaient encore très jeunes au moment de ce serment solennel. Je suppose qu'ils n'avaient guère réfléchi. Cela n'empêche pas qu'ils auraient pu, avec l'âge, prendre la mesure de leur sottise... et s'arranger pour qu'elle n'ait pas de conséquences. Au lieu de cela, ils se sont entêtés chacun de leur côté...
— Et maintenant, nous voilà tous les deux devant un gros problème ! termina Félix.
— Pas du tout. Je vais refaire le voyage en sens inverse. Sans chaperon... mais tant pis !
— Il est trop tard pour que vous repartiez maintenant. La nuit va bientôt tomber.
Virginia jeta un coup d'œil vers la fenêtre et constata que le soleil était déjà très bas à l'horizon.
— Vous allez être obligée de dormir ici, reprit Félix.
— Je le suppose...
— Votre chambre ne sera pas des plus confortables.
La jeune fille savait déjà qu'elle ne serait pas logée dans les conditions de confort auxquelles elle était habituée. Oh, cela ne la dérangeait guère !

Mais cela ne l'empêcha pas, l'espace d'un instant, d'évoquer le superbe château du *vrai* duc de Rochebriac ! Ce merveilleux château du XVIIe siècle dans lequel elle avait espéré pouvoir passer quelques jours...

— Je ne suis pas difficile.

Elle sourit à Félix qui la regardait avec une visible appréhension.

— Merci beaucoup. C'est très gentil à vous de m'offrir l'hospitalité.

5

La servante que Virginia avait aperçue à son arrivée la conduisit dans une chambre qui avait dû être jolie autrefois. Aujourd'hui, elle était dans un état assez lamentable : du papier peint en lambeaux, des rideaux tellement passés qu'ils n'avaient plus de couleur et de la poussière partout. Tout comme le hall, cette pièce sentait le moisi et le renfermé à un point tel que, dès son entrée, la jeune fille ouvrit en grand les fenêtres qui donnaient sur un parc transformé en forêt vierge.

La domestique parut stupéfaite.

— Eh bien, vous aimez l'air ! remarqua-t-elle enfin.

— Vous ne pensez pas que cette pièce a besoin d'être aérée ?

— Vous allez vous enrhumer.

Virginia ne put s'empêcher de rire.

— Alors qu'il fait si doux ?

La jeune fille alla s'asseoir au bout du lit. Sous la courtepointe usée, le matelas lui parut bien mince...

— Tout à l'heure, pendant que vous dînerez, je ferai votre lit et je donnerai un coup de plumeau, lui dit la femme de chambre.

— Merci. Il me faudrait mes valises, aussi...

— Pierre vous les montera.

Virginia n'aurait jamais pu imaginer que son aventure allait prendre un tournant aussi inattendu. Mais elle ne s'en plaignait pas, bien au contraire !

« Quand je serai vieille, j'aurai des histoires passionnantes à raconter à mes petits-enfants ! » se dit-elle.

Entre les Lueger, les larmes de Margie... et maintenant le faux duc de Rochebriac, elle n'avait guère le temps de s'ennuyer !

« Je me demande ce que me réserve le lendemain... » pensa-t-elle.

La femme de chambre, qui était sortie, revint avec un broc d'eau froide qu'elle posa sur la table de toilette. Le valet la suivait avec deux des valises de la jeune fille.

— Il vous faut les autres aussi ? interrogea-t-il d'un ton plutôt rogue.

Virginia n'allait pas se laisser impressionner. D'autant plus qu'elle entendait, en quittant cette demeure, laisser un pourboire substantiel à ces domestiques qui ne devaient pas toucher de gages mirobolants.

— Oui, s'il vous plaît.
— Bien ! fit-il en soupirant.

La jeune fille était sûre que l'on ne s'habillait pas pour dîner dans cette demeure où tout semblait laissé à l'abandon. Mais elle avait cependant décidé de troquer son ensemble de voyage contre une robe habillée.

« Cela fera plaisir à Félix, qui ne doit pas avoir l'habitude que l'on fasse des efforts pour lui », se dit-elle.

Ses intentions belliqueuses avaient complètement disparu. Ah, non, il n'était plus question de faire la leçon à qui que ce soit ! Les conditions d'inconfort dans lesquelles elle allait devoir passer la nuit la laissaient complètement indifférente. Le seul sentiment qu'elle éprouvait en ce moment ? Un sentiment de pitié à l'égard du pauvre infirme condamné à vivre dans une demeure aussi déprimante.

Mais, de toute évidence, l'argent manquait chez les Rochebriac. Virginia avait eu tout le temps de s'en apercevoir au cours du voyage entre Le Havre et Tours. Non, son revêche chaperon n'était pas avare, comme elle l'avait tout d'abord cru...

« La pauvre Mlle de Rochebriac ne pouvait pas se permettre de dépenser un sou de trop, tout simplement ! »

Virginia fit une toilette succincte avant de revêtir une jolie robe en mousseline rose pâle ornée d'étroits galons d'un rose un peu plus foncé.

Puis elle descendit rejoindre Félix au salon.

Elle trouva le soi-disant futur duc exactement à la place où elle l'avait laissé : assis dans son grand fauteuil Voltaire. Cette fois, il avait un livre à la main.

— Que lisez-vous ? interrogea-t-elle.

— Des poèmes de Shelley... en l'honneur de la charmante jeune Anglaise qui a écouté avec tant de bonne grâce et de compréhension mes lamentables aveux.

— Vous n'êtes en rien responsable... et moi non plus. Par conséquent, à quoi bon revenir là-dessus ? demanda-t-elle gentiment.

Félix ferma son livre et leva les yeux.

— Oh, comme vous êtes jolie ! s'exclama-t-il.

Elle lui fit une petite révérence.

— Merci.

Il parut confus.

— Je n'ai pas songé à me changer...

— C'est sans importance ! lança-t-elle, bien décidée à le mettre à l'aise. Les vêtements que j'avais portés de Paris jusqu'à Rochebriac sentaient le charbon et la poussière. Je n'avais pas envie de les garder...

— Nous ne sommes pas à Rochebriac, mais à Candeuil.

— C'est vrai, excusez-moi.

Mlle de Rochebriac n'avait pas eu les mêmes réticences que la jeune fille. Lorsqu'elle les rejoignit dans la salle à manger, un peu plus tard, elle était vêtue de la robe noire que Virginia lui avait vue pendant tout le voyage.

Elle paraissait beaucoup moins nerveuse. Son neveu avait dû lui raconter que tout était arrangé et qu'il n'y avait pas à redouter un scandale de la part de leur «invitée».

— J'ai fait dîner ton père, dit-elle à Félix.

— Comment est-il?

— Je ne l'ai pas trouvé changé. Un peu amaigri, peut-être? Hortense n'a pas dû le nourrir comme il convenait.

— Ah, par exemple! protesta avec vigueur la femme de chambre, qui arrivait avec un long plat ovale sur lequel était posée une belle omelette aux girolles. Par exemple! Sachez que j'ai fait prendre ses repas à Monsieur exactement comme vous me l'aviez recommandé, mademoiselle.

— Je l'ai trouvé amaigri, s'entêta la sœur du malade.

— Vous savez bien, ma tante, que les médecins nous avaient prévenus, remarqua Félix avec lassitude. Mon père allait forcément perdre du poids.

— Hum!

Avec l'omelette, il y eut une salade, puis on leur apporta une compote de prunes. Virginia, qui avait grand-faim, fit honneur à ce repas frugal servi dans de très belles assiettes en porcelaine de Limoges.

— C'est très bon, affirma-t-elle.

— Pas aussi bon que le dîner du Grand Hôtel Inter-Continental, remarqua Mlle de Rochebriac d'un ton acide.

— Tout aussi bon, mais différent.

La vieille demoiselle pinça les lèvres.

— Vous voulez toujours avoir le dernier mot! lança-t-elle avec acrimonie.

Virginia ne jugea pas utile de protester. À quoi bon? Maintenant qu'elle avait pris la mesure de la situation, elle n'éprouvait plus que de la compassion. Même à l'égard de la tante de Félix...

— Aimeriez-vous prendre un café au salon? proposa ce dernier.

Mlle de Rochebriac sursauta.

— Du café, maintenant? lança-t-elle en adressant un regard noir à son neveu.

Ce dernier lui tint tête.

— Pourquoi pas?

Et, à l'adresse du valet qui venait débarrasser la table:

— Pouvez-vous nous servir le café au salon, s'il vous plaît, Pierre?

Le valet eut un large sourire. Lui, au moins, semblait heureux de voir le jeune homme prendre une initiative.

— Avec plaisir, monsieur.

Félix se tourna vers sa tante.

— Prendrez-vous le café avec nous, ma...

Elle ne le laissa pas en dire davantage.

— Certainement pas!

Plus pincée que jamais, elle lança:

— Le café m'empêche de dormir, et je n'ai pas envie de passer une nuit blanche, moi!

Virginia n'était pas mécontente de pouvoir se retrouver seule avec Félix. Tout d'abord, elle avait encore quelques questions à lui poser. Et ensuite, elle devinait que cela lui faisait du bien d'échapper à l'emprise un peu tyrannique de la vieille demoiselle.

— Votre tante est assez autoritaire, ne put-elle s'empêcher de remarquer, une fois qu'ils se retrouvèrent seuls au salon.

Félix posa ses béquilles à côté de lui.

— Vous pouvez même dire qu'elle est *très* autoritaire. Et comme il n'y a guère que sur nos deux domestiques et moi-même qu'elle peut exercer son autorité... elle en profite !

— Votre père...

— Il n'a jamais accepté de se laisser tourner en bourrique par sa sœur.

— Tourner en bourrique ? répéta la jeune fille en haussant les sourcils.

Il éclata de rire.

— Une expression d'Hortense qui signifie abrutir à force d'exigences.

Virginia se joignit à son hilarité.

— Voilà une expression bien amusante que je retiendrai certainement !

— Elle est amusante, soit. Mais il vaut mieux ne pas l'employer dans les salons.

La jeune fille riait toujours.

— N'ayez crainte, je ne l'utiliserai qu'à bon escient.

Quelques instants plus tard, elle demanda un peu timidement :

— Aurai-je l'occasion de voir votre père ?
— Non.

Le visage du jeune homme s'assombrit.

— Mon père garde la chambre. Il ne reconnaît personne et est incapable de parler.

Félix examina la jeune fille d'un air songeur.

— Je parie que vous aviez l'intention de lui dire sans ambages ce que vous pensiez ?

— Avant d'arriver ici, c'était mon intention, répondit-elle franchement. Maintenant que j'ai compris que la situation au manoir de Candeuil n'était guère... euh... guère...

— Brillante ? suggéra-t-il.

— C'est cela, admit-elle en rougissant.

Elle toussota avant de reprendre :

— De toute manière, qui suis-je pour donner des leçons ?

Après un instant de réflexion, elle ajouta :

— Mais si je me trouvais devant lord de Walsgrave, je n'hésiterais pas. Car *lui* me semble impardonnable.

— Vous dites cela avec colère. Pourtant, vous devriez vous réjouir du fait que Margie va pouvoir épouser celui qu'elle aime.

— C'est vrai, admit la jeune fille. Au moins, cette histoire se terminera bien pour elle.

— Quant à vous, vous êtes bien déçue de m'avoir rencontré, moi, au lieu d'un futur duc !

— Je vous en prie, ne parlez pas ainsi, Félix ! s'exclama-t-elle. Je me moque bien du duc de Rochebriac.

— Vraiment ?

— Voulez-vous savoir ? Les titres m'ont toujours laissée parfaitement indifférente.

Elle lui adressa un sourire chaleureux.

— Je suis très heureuse d'avoir fait votre connaissance, et j'espère que nous allons pouvoir correspondre régulièrement.

Le visage de Félix s'éclaira.

— Vous parlez sérieusement ?

— Je n'ai jamais été aussi sérieuse de ma vie.

— Comme vous êtes bonne de prendre en pitié un pauvre infirme !

— Je ne vous prends pas en pitié, protesta-t-elle. Il ne s'agit pas du tout de cela...

Félix eut une moue dubitative, ce qui poussa la jeune fille à insister :

— Je vous trouve très sympathique et je serais vraiment ravie d'entamer une relation épistolaire avec vous.

— Moi aussi, assura-t-il avec élan.

La jeune fille hésita pendant quelques instants avant de demander :

— Me permettez-vous de vous poser une question un peu indiscrète ?

Il eut un geste indifférent.

— Pourquoi pas ? Étant donné les étranges circonstances qui ont voulu notre rencontre, nous serions bien malvenus d'avoir des secrets l'un pour l'autre !

— Votre père a... des difficultés d'argent ?

Félix désigna ce qui les entourait.

— N'est-ce pas évident ? Nous sommes complètement ruinés et vivotons tant bien que mal des revenus d'une petite ferme.

— C'est tout ?

— Hélas ! Heureusement encore que Pierre est capable d'entretenir le potager ! C'est bien grâce à lui que nous avons des légumes frais.

Il soupira.

— Autrefois, mon père, sans être immensément riche, avait largement de quoi vivre. Malheureusement, il a fait de mauvais placements. De plus, il était joueur... Il a perdu tout ce qui lui restait sur les tapis verts.

Cela ne contribua pas, loin de là, à rendre le faux duc de Rochebriac plus sympathique aux yeux de la jeune fille ! En revanche, elle éprouvait déjà beaucoup d'amitié pour Félix et était bien décidée à tenir sa promesse de correspondre régulièrement avec lui.

— Mais le duc...

Elle hésita avant de poursuivre :

— Le duc ne vous aide pas financièrement ?

Félix se redressa fièrement.

— Pourquoi devrait-il nous aider ?

— Je suis passée devant son château en venant ici. Apparemment, il est loin d'être démuni !

— C'est certain.

— Vous êtes parents. Il me semble qu'il pourrait...

— ... nous faire la charité ?

Félix paraissait très choqué.

— Ah, non, merci ! Certainement pas !

— Vous n'aimez pas votre cousin ?

— Nous nous entendons très bien, Amaury et moi. Lorsqu'il est à Rochebriac, il vient fréquemment me rendre visite.

— Dans ce cas, il ne peut ignorer vos difficultés matérielles...

— Si, justement.

— Est-ce possible ?

Félix esquissa un sourire de biais.

— Je crois qu'il s'imagine que mon père et ma tante sont très avares.

— Et vous ne le détrompez pas ?

De nouveau, il se redressa.

— Certainement pas ! répéta-t-il avec véhémence.

Virginia avait le sentiment de connaître depuis toujours Félix de Rochebriac. Tout naturellement, elle l'appelait par son prénom. Et elle avait l'impression de pouvoir lui dire tout ce qu'elle pensait.

101

Elle n'hésita donc pas à lui poser la question qui était au bord de ses lèvres :

— N'est-ce pas... de l'orgueil mal placé ?

Il réfléchit pendant quelques instants.

— Peut-être. Mais, voyez-vous, Virginia, je préfère encore vivre misérablement plutôt que d'avoir à tendre la main.

Elle n'insista pas, comprenant que rien ni personne ne parviendrait à vaincre son entêtement. Mieux valait changer de sujet de conversation !

— Votre cousin vient vous voir de temps en temps, m'avez-vous dit... Vous recevez donc quelques visites ?

— Beaucoup.

— Vraiment ?

Il sourit.

— Je ne suis pas du tout isolé, comme vous semblez le croire. Bien au contraire ! De nombreux amis viennent me raconter ce qui se passe dans la région...

Son sourire devint malicieux.

— Je suis au courant de tout. Peut-être plus que si je pouvais me déplacer normalement...

À ce moment-là, la porte s'ouvrit et le visage desséché de Mlle de Rochebriac apparut.

— Vous êtes encore là à bavarder ! Félix, tu ferais bien d'aller te reposer.

— Je ne suis pas fatigué, ma tante.

— Peuh !

La vieille demoiselle se tourna vers Virginia.

— Lorsque vous vous déciderez enfin à monter dans votre chambre, il faudra que vous preniez l'une des petites lampes à pétrole de l'entrée.

— Très bien, mademoiselle.

— Quant à moi, je vais me coucher. La journée a été très fatigante ! Bonsoir...

Sans leur laisser le temps de répondre, elle disparut. Trente secondes plus tard, elle revenait.

— Comment allez-vous vous arranger pour aller à Tours, mademoiselle de Walsgrave ? lança-t-elle d'un ton aigre.

Soudain, Félix éclata de rire. Sa tante lui adressa un coup d'œil peu amène.

— Je voudrais bien savoir ce qui t'amuse autant !
— Il faut que vous sachiez, ma tante...
— Quoi donc ? demanda-t-elle, visiblement agacée par la bonne humeur dont faisait preuve son neveu.
— Que si je ne suis pas fils de duc...
— Tu ne m'apprends rien !
— ... notre invitée n'est pas non plus Margie de Walsgrave ! termina-t-il sans tenir compte de l'interruption.
— Quoi ?
— C'est ainsi ! conclut-il avec amusement.

La vieille demoiselle avança un peu plus dans la pièce.

— Que racontes-tu là, Félix ?
— Je ne serai jamais duc, elle ne s'appellera jamais Mlle de Walsgrave... nous sommes quittes !
— Si tu t'expliquais un peu mieux ?
— Demain, ou bien après-demain. Allez vous reposer, ma tante, vous venez de dire que vous étiez très fatiguée.

Comprenant qu'elle ne réussirait pas à en apprendre davantage – du moins pour le moment –, Mlle de Rochebriac adressa un coup d'œil dépourvu d'aménité à son neveu avant de sortir en claquant la porte.

— Elle est furieuse, remarqua Félix avec un large sourire. Bah, elle méritait bien une petite leçon ! Si elle avait eu la bonne idée de me mettre au courant plus tôt de ce qui se tramait, je suis sûr que j'aurais pu arranger les choses à temps.

— Vraisemblablement. Mais alors, nous n'aurions jamais fait connaissance.

— À quelque chose malheur est bon! conclut Félix.

La jeune fille se mordit la lèvre inférieure.

— Votre tante vient de soulever un problème. Comment vais-je me rendre à Tours demain? J'avais loué une voiture pour venir jusqu'ici, mais celle-ci est repartie depuis longtemps. Si j'ai bien compris, il y a la charrette du fermier? Celle-ci ne doit pas être très confortable…

En haussant les épaules, elle termina:

— … mais je ne suis pas une fragile poupée de porcelaine.

Félix prit un air mystérieux.

— J'ai une autre idée.

Il se frotta les mains avec satisfaction.

— Une bien meilleure idée…
— Dites!
— Laissez-moi faire. Vous aurez une voiture!
— Je ne comprends pas. Comment…
— J'ai une idée, vous dis-je.

De quelle manière un homme qui ne devait jamais sortir du manoir réussirait-il à trouver un moyen de transport pour lui permettre de se rendre jusqu'à la gare?

— Vous ne me faites pas confiance? demanda-t-il d'un ton de reproche.

— Si, bien sûr. Mais…

— Laissez-moi faire, Virginia! répéta-t-il d'un ton sans réplique.

6

La jeune fille était tellement fatiguée qu'elle dormit d'une traite. Elle avait laissé ses fenêtres ouvertes pour tenter de combattre l'odeur de moisi. Hélas, c'était une bataille perdue à l'avance ! Pour que cette pièce devienne agréable à vivre, un peu d'aération ne suffisait pas. Il aurait fallu non seulement tout repeindre, mais aussi remplacer par du neuf ces vieilles tentures, ces tapisseries mitées et ces tapis usés jusqu'à la corde...

« La chambre de Félix ne doit pas être en meilleur état que la mienne, se dit Virginia avec pitié. Le pauvre... »

Félix l'avait déclaré sans ambages : il ne voulait pas qu'on lui témoigne de compassion.

Comment pourrait-elle l'aider sans qu'il en soit conscient ? Si, pour le moment, la jeune fille n'en avait aucune idée, elle espérait bien trouver un moyen...

« Évidemment, ce sera difficile, en vivant dans un autre pays... se dit-elle encore. Mais qui sait ? »

Après avoir fait une toilette rapide avec le reste de l'eau qui restait au fond du broc, elle revêtit un ensemble de voyage plus léger que celui qu'elle portait la veille.

Puis elle alla s'accouder à la fenêtre et contempla d'un air rêveur le ciel d'un bleu très pâle et les frondaisons des grands arbres. Plus loin, elle avait un aperçu de champs et de collines, tandis qu'en bas scintillait la Loire.

Dans le jardin, en contrebas, elle parvenait à distinguer, entre les herbes folles et les ronciers, la forme des massifs. Ce petit parc avait dû être bien joli... autrefois ! Et il devait faire bon vivre dans ce manoir, tout au moins quand l'argent ne manquait pas.

« Pauvre Félix ! pensa de nouveau la jeune fille. Son père va bientôt mourir, et alors, il se retrouvera seul en compagnie d'une vieille tante pleine d'aigreur... Quelle triste existence ! »

Maintenant qu'elle avait fait la connaissance de Félix de Rochebriac, elle se félicitait d'avoir proposé à Margie de prendre sa place. Margie de Walsgrave était charmante, certes ! Mais elle avait un côté enfant gâtée quelque peu agaçant. Jamais elle n'aurait su trouver les mots qu'il fallait pour parler à Félix. Au contraire ! Par maladresse, par irréflexion, elle aurait été capable de lui faire beaucoup de peine.

Oh, non, Virginia ne regrettait pas d'être venue jusqu'ici et d'avoir découvert comment vivaient les Rochebriac ! Les Rochebriac de la branche pauvre, du moins ! Car, si l'on s'en tenait à l'aspect de son château, le *vrai* duc ne semblait pas avoir beaucoup de problèmes d'argent...

Une fois de plus, la jeune fille se demanda si le séduisant jeune homme qu'elle avait vu la veille dans un phaéton laqué de vert était le cousin de Félix.

Quoi qu'il en soit, il avait, en moins de cinq minutes, réussi à la troubler plus que n'avaient jamais su le faire les élégants dandys des salons londoniens...

« Il était si beau ! Et il menait avec tant de maestria ce superbe équipage ! Mais, s'il s'agit vraiment du duc de Rochebriac, on peut dire qu'il a un cœur de pierre ! Comment peut-il laisser son cousin vivre dans le dénuement ? Ah, j'aimerais bien lui dire ce que je pense ! »

Virginia esquissa un sourire sans joie.

Pourquoi fallait-il qu'elle soit toujours prête à s'emballer, à jouer les redresseuses de torts ? De nouveau, il lui sembla entendre la voix de sa mère :

« Tsst, tsst ! Voilà encore Virginia sur le sentier de la guerre ! »

Félix avait promis de trouver une voiture pour l'emmener à Tours. La veille, il semblait très sûr de lui. Mais il n'y avait pas le moindre véhicule devant le perron.

La jeune fille ne se faisait guère d'illusions : elle allait certainement devoir se rabattre sur la charrette du fermier. Et comme celle-ci n'était sûrement pas très rapide, elle risquait de manquer le dernier train en partance pour Paris, ce qui l'obligerait à passer la nuit à Tours.

« Bah, je n'en mourrai pas ! »

Elle se décida enfin à descendre. Guidée par une bonne odeur de café, elle se dirigea vers la salle à manger, où elle trouva Félix attablé devant un petit déjeuner à la française qui ne ressemblait guère aux solides *breakfasts* à l'anglaise auxquels elle était accoutumée.

Sur une nappe en lin jauni étaient disposés un pot de confiture de fraises, une cafetière en argent terni, un petit pot de lait, une baguette de pain croustillant et une motte de beurre salé. Ah, il n'y avait pas grand-chose sur la table !

— Bonjour, Virginia, lui dit Félix en souriant.
— Bonjour, Félix. Avez-vous bien dormi ?

— Non, je pensais à vous...

Que répondre à cela ?

— Je crois avoir trouvé *la* solution ! déclara-t-il avec emphase.

— Dites !

— Une solution qui arrangerait tout le monde, fit-il d'un air sibyllin.

— Dites ! répéta la jeune fille.

— Vous verrez. Faites-moi confiance...

Là-dessus, il examina la table d'un air soucieux.

— Je crains de ne pouvoir vous proposer que du café. Nous n'avons jamais de thé au manoir...

— Mais j'aime beaucoup le café ! assura la jeune fille. Et celui-ci sent très bon !

Hortense arriva sur ces entrefaites.

— Monsieur me dit que vous voulez des œufs pour votre petit déjeuner.

Cette idée lui paraissait absolument aberrante...

— Des œufs ? Vraiment ? insista la femme de chambre.

Virginia ne put s'empêcher de rire.

— Il m'arrive souvent d'en prendre le matin. Ou encore des saucisses, du bacon, du haddock...

— Seigneur !

— Il s'agit d'une coutume britannique, mais je peux très bien me plier aux habitudes françaises. Cette baguette a l'air excellente ! Et j'adore la confiture de fraises.

Hortense parut soulagée.

— Tant mieux ! Dans ce cas, je ne vais pas casser les quelques œufs qui nous restent. Il faut justement que Pierre aille en chercher à la ferme.

Elle sortit en secouant la tête et en marmonnant :

— Des œufs au petit déjeuner ! Ah, par exemple !

Quelques instants plus tard, en entendant un bruit de voiture, Virginia courut à la fenêtre. Et elle ne fut pas autrement étonnée en voyant une vieille charrette tirée par deux chevaux de trait s'arrêter devant le perron. C'était donc tout ce qu'avait trouvé Félix ?

Pierre, le valet, sauta en bas de la charrette... qui repartit aussitôt sous le regard déconfit de la jeune fille.

— Mais... commença-t-elle.

Elle n'eut pas le temps d'en dire davantage : le valet venait de les rejoindre dans la salle à manger.

— Tout est arrangé, monsieur.

— Merci, Pierre.

Virginia attendit le départ du domestique pour demander :

— Il a trouvé une voiture pour moi ?

— Je vous avais dit que j'avais une solution...

Gentiment, il la menaça du doigt.

— Décidément, mademoiselle de Storrington, vous ne me faites pas du tout confiance !

— Mais si, murmura-t-elle en rougissant.

— Je n'en crois rien, rétorqua-t-il avec amusement.

Pour se donner une contenance, la jeune fille se servit une tasse de café. Elle était en train de beurrer généreusement un morceau de baguette quand Mlle de Rochebriac apparut.

— Vous vous êtes enfin décidée à vous lever ? dit-elle à Virginia d'un ton aigre. Moi, j'ai pris mon petit déjeuner il y a déjà plus d'une heure !

Virginia ne jugea pas utile de lui répondre. La vieille demoiselle se tourna vers son neveu.

— J'ai aperçu la charrette du fermier. Je croyais que tu l'avais commandée pour aller à Tours... Et voilà qu'il est déjà reparti !

— Ne vous inquiétez pas, ma tante, je m'occupe de tout.

— Je me demande bien ce que tu es en train de mijoter... Tu as toujours de ces idées !

Félix lui adressa un regard qui en disait plus que de longs discours.

— Et vous, ma tante, lança-t-il enfin, vous n'avez pas d'idées saugrenues, parfois ? Qui a voulu se rendre au Havre ?

La vieille demoiselle se raidit.

— Je me devais de respecter les instructions que m'avait données ton père avant de tomber malade !

Avec gravité, elle ajouta :

— Sache que si je ne l'avais pas fait, je me le serais reproché toute ma vie.

Après un silence, elle demanda :

— Alors, qui va la conduire à Tours ? J'aimerais bien le savoir !

— Je vous ai dit que je m'occupais de tout.

Mlle de Rochebriac eut la sagesse de retenir la réplique acide qui était certainement au bord de ses lèvres. Elle se contenta de hausser les épaules avant de sortir de la pièce d'un air suprêmement agacé.

— Votre tante n'est pas toujours facile à vivre, ne put s'empêcher de remarquer la jeune fille.

— Il suffit de savoir la prendre. Sous des dehors un peu revêches, elle a quelques bons côtés !

Il y eut encore un bruit de voiture et, de nouveau, Virginia courut à la fenêtre.

Tiré par quatre superbes pur-sang ébène, un élégant phaéton vert foncé remontait l'allée au petit trot. Virginia laissa échapper une brève exclamation.

— Je... je rêve ! balbutia-t-elle.

— Ne vous avais-je pas promis de trouver une solution ? lança Félix d'un ton triomphant.

En s'appuyant sur ses béquilles, il rejoignit Virginia à la fenêtre.

— Je savais bien pouvoir compter sur Amaury !
— Votre... votre cousin ?
— Mon cousin.

La jeune fille n'en croyait ni ses yeux ni ses oreilles. Quoi, c'était celui qu'elle avait vu, la veille, mener de main de maître ce magnifique attelage qui allait la conduire à Tours ?

Le duc sauta à terre, jeta ses rênes au valet en élégante livrée qui s'était précipité et gravit les marches du perron quatre à quatre.

— Eh oui ! Voici Amaury, mon cousin ! déclara Félix avec satisfaction.

Et, avec ironie :

— Le *vrai* duc de Rochebriac.

Virginia n'était pas encore revenue de sa surprise quand la porte de la salle à manger s'ouvrit.

— Inutile de m'annoncer, Hortense ! lança Amaury de sa voix bien timbrée.

Il pénétra dans la pièce.

— Tu m'as appelé au secours, Félix ?
— Oui. Je...

Le duc venait de reconnaître Virginia.

— Vous ? s'écria-t-il.
— Vous... murmura-t-elle en rosissant.

Félix était peut-être le plus étonné des trois.

— Est-ce possible ? Vous vous connaissez déjà ?

En quelques enjambées, Amaury avait déjà traversé la salle à manger. Il prit les mains de la jeune fille et plongea son regard dans le sien.

— Vous... répéta-t-il. Jamais je n'aurais cru vous revoir un jour ! Et je m'en voulais tant de vous avoir laissée partir...

Le cœur battant à tout rompre, elle se contenta de sourire, tandis que sa rougeur s'accentuait.

— Vous vous connaissiez déjà ? redemanda Félix.

La jeune fille retrouva sa voix.

— Le hasard a voulu que je croise le chemin de votre cousin hier. Il m'a sauvé la vie !

Le rire du duc résonna dans cette demeure où l'on ne devait pas souvent se laisser aller à l'hilarité.

— N'exagérons rien ! s'exclama-t-il avec bonne humeur.

Dans cette pièce sinistre, cet homme plein de vitalité, de vie et d'entrain semblait bien peu à sa place !

Il se tourna vers son cousin et, en quelques mots, lui expliqua l'incident de la veille.

Félix hocha la tête.

— Ah, bon ! C'est donc cela...

Il fronça les sourcils.

— Ce qui me surprend, c'est que ma tante ne m'ait pas parlé de cette rencontre.

— Elle n'était pas là, dit Virginia. Je l'avais laissée à la gare où elle gardait nos bagages.

Félix fronçait toujours les sourcils.

— Elle était censée vous chaperonner, et elle vous a laissée partir seule en ville ? Vous, une étrangère ?

— Cette demoiselle parle français à merveille, assura le duc.

— J'ai pu m'en apercevoir, admit Félix.

Il regarda son cousin avec étonnement.

— « Cette demoiselle », releva-t-il. Tu ne connais donc pas son nom ?

Le duc ouvrit les mains dans un geste impuissant.

— La bienséance m'interdisait de manifester trop de curiosité à l'égard d'une inconnue que j'avais rencontrée dans la rue !

Il sourit.

— Mais je suis ravi de vous retrouver, mademoiselle...

Félix jugea le moment venu de faire les présentations.

— Virginia, permettez-moi de vous présenter mon cousin Amaury de Rochebriac. Amaury, voici Mlle Virginia de Storrington, une charmante Anglaise qui a fait un grand voyage dans le seul but de me rencontrer.

Ce fut presque avec dégoût qu'il termina :

— Moi ! Oui, moi !

Virginia bondit. Elle ne pouvait pas laisser passer cela !

— Vous savez parfaitement que j'ai été très heureuse de faire votre connaissance, Félix ! s'écria-t-elle avec chaleur.

Lorsqu'elle lui pressa la main amicalement, elle le sentit se détendre.

Le duc les regardait avec étonnement.

— Vous êtes venue d'Angleterre pour passer seulement quelques heures à Candeuil ?

— C'est une longue histoire, murmura-t-elle.

Et, avec une certaine gêne :

— Une longue histoire qu'il ne m'appartient pas de dévoiler.

— Pourquoi pas ? lança Félix.

La jeune fille hésita.

— Je peux tout au moins raconter la partie qui me concerne. À vous d'y ajouter votre contribution, Félix... si du moins vous le souhaitez.

— Je n'ai pas de secrets pour Amaury.

Virginia recommença le récit qu'elle avait déjà fait au jeune infirme.

— Je me trouvais à bord du *Wilhelm II*, un bateau qui allait de Hambourg à Rabat, en passant par Amsterdam, Le Havre et Lisbonne...

— Seule ? s'étonna le duc.

Elle hocha la tête.

— Oui.

Comprenant qu'elle devait donner une explication, elle poursuivit :

— Mon beau-père m'avait envoyée perfectionner mon allemand chez les Lueger, des amis qu'il avait à Hambourg. Le malheur a voulu que le baron Lueger se montre un peu trop entreprenant.

Elle frémit.

— Et cela, sans que je lui donne le moindre encouragement, croyez-moi! Cet homme était horrible et je ne pouvais pas supporter qu'il me touche, ne serait-ce que la main! La baronne Lueger, qui était extrêmement jalouse, s'est aperçue des manœuvres de son mari. Elle a donc décidé de se débarrasser de moi et m'a mise dans le premier bateau en partance!

Le duc haussa les sourcils.

— Un bateau qui allait à Rabat? Elle aurait pu au moins choisir un ferry faisant la liaison avec l'Angleterre!

— Elle était trop pressée de me voir partir. Elle a dû se dire que plus elle m'envoyait loin, moins elle risquait de me revoir!

Félix, qui entendait cette histoire pour la première fois, demanda en riant :

— Elle ne s'attendait tout de même pas à ce que vous alliez jusqu'à Rabat?

— Justement si, elle m'avait acheté un billet pour le Maroc!

— Oh!

— Le paquebot était déjà parti quand je m'en suis aperçue. J'ai donc décidé de débarquer au Havre pour prendre l'un des ferries qui font la liaison avec Southampton...

— C'était la chose intelligente à faire, déclara le duc en hochant la tête.

— J'étais en train de défaire mes valises quand j'ai entendu quelqu'un sangloter dans la cabine située juste à côté de la mienne. Sur le moment, j'ai jugé que cela ne me regardait en rien. Mais comme les pleurs ne cessaient pas, je me suis dit que je pouvais peut-être consoler ma voisine...

Félix lui tapota gentiment la main.

— Vous avez si bon cœur!

— J'ai appris qu'elle s'appelait Margie de Walsgrave et qu'elle se rendait en Touraine pour... pour...

Elle s'interrompit et se tourna vers Félix d'un air interrogateur. Pouvait-elle continuer? Il eut un geste d'assentiment et, sans hésiter davantage, elle termina:

— Pour épouser le futur duc de Rochebriac!

Amaury sursauta.

— Quoi?

Virginia hocha la tête.

— Vous avez parfaitement entendu. Margie de Walsgrave se rendait en Touraine pour épouser le futur duc de Rochebriac!

— Quelle histoire de fous! protesta le duc. Le duc de Rochebriac? C'est moi. Quant au futur duc, il n'est pas encore né, pour la bonne raison que je ne suis pas marié! Peut-être était-ce moi que cette jeune personne pensait épouser?

Il leva les yeux au ciel.

— Et cela, sans que le principal intéressé soit au courant de quoi que ce soit! Jamais je n'ai...

Félix l'interrompit.

— Laisse-la poursuivre. Tu comprendras vite!

— Le père de Margie, un diplomate, devait la rejoindre plus tard, une fois que la date du mariage serait fixée, reprit Virginia. Tout comme moi, Margie voyageait sans chaperon. Une personne envoyée par le duc de Rochebriac était censée l'attendre au Havre.

— Quelle histoire de fous ! répéta le duc. Cette Margie n'est rien d'autre qu'une mythomane, et je peux vous dire que...

— Laisse-la poursuivre, coupa une nouvelle fois Félix.

— Margie de Walsgrave ne voulait pas épouser un parfait inconnu, pour la bonne raison qu'elle était amoureuse d'un autre homme.

— Quant à moi, je n'ai aucune intention de passer la bague au doigt de cette Margie ! s'écria le duc.

— Laisse donc Virginia parler ! insista Félix.

Amaury se tourna vers son cousin.

— Écoute, tu avoueras que cette histoire est très choquante !

— Je le sais. Mais attends la suite au lieu de monter sur tes grands chevaux !

— Je me suis liée d'amitié avec Margie, reprit Virginia. Elle m'a appris que, de longues années auparavant – avant qu'elle ne soit née –, lord Walsgrave et le duc de Rochebriac s'étaient juré de marier leurs aînés.

— Comme je le disais, il s'agit d'une histoire de fous ! tonna le duc. Un tel serment est presque... indécent. On ne peut pas s'engager au nom d'autres personnes !

— C'est tout à fait mon avis, assura Virginia.

— Et le mien, renchérit Félix.

— J'ai donc conseillé à Margie de débarquer à Amsterdam. De là, nous avons envoyé un télégramme à celui qu'elle aime en lui demandant de venir la rejoindre de toute urgence. Peut-être sont-ils déjà mariés et très heureux...

Après un silence, elle enchaîna :

— Quant à moi, j'ai décidé de prendre la place de Margie et de venir à Rochebriac...

Elle adressa à Amaury un coup d'œil ironique.

— Non parce que je souhaitais devenir duchesse, mais parce que j'avais l'intention de dire au duc et à son fils ce que je pensais de leurs agissements.

Amaury leva les yeux au ciel.

— Le duc et son fils ! Jamais je n'ai entendu une histoire aussi stupide.

— Attends ! lui conseilla son cousin.

— Laissant Margie à Amsterdam, j'ai continué ma route jusqu'au Havre, où j'ai trouvé...

La voyant hésiter, Félix termina à sa place :

— Ma tante Amélie.

Amaury paraissait de plus en plus stupéfait.

— J'aimerais bien savoir le rôle que jouait ma cousine Amélie dans cette comédie !

— Elle était censée m'amener... à Rochebriac. Mais en fin de compte, c'est à Candeuil que nous sommes arrivées.

— Je ne comprends toujours pas, murmura le duc.

Félix soupira.

— À moi d'expliquer le mystère. L'un des deux écervelés qui, il y a plus d'un quart de siècle, avaient décidé d'unir le destin de leurs futurs enfants n'était pas ton père mais le mien.

— Ah ! Je commence à deviner ce qui s'est passé...

Félix parut mal à l'aise.

— Tu sais que mon père a toujours eu la folie des grandeurs. Rien ne lui plaisait plus que de paraître...

— Ce n'est pas bien méchant ! Nous avons tous nos petites faiblesses.

— Mais mon père est allé un peu trop loin. Il a prétendu être duc...

— Je sais qu'il se donnait parfois ce titre. Mais je le répète : ce n'est pas bien méchant !

— Malheureusement, cette plaisanterie est allée plus loin qu'il ne le pensait. Un soir où il avait un peu trop bu – du moins, je le suppose –, il a donc fait ce serment... Et il s'est retrouvé pris au piège. Car, apparemment, lord Walsgrave et lui ont continué à correspondre. Mon père a eu un fils, lord Walsgrave une fille... Les années ont passé.

— Et ils ont décidé de tenir parole ? C'est complètement idiot !

Virginia jugea le moment d'intervenir :

— Je ne connais pas lord Walsgrave, mais d'après sa fille c'est un homme très entêté qui ne veut jamais reconnaître ses torts.

— Et pour cela, il est prêt à sacrifier ceux qu'il a imprudemment mis en cause ?

— Apparemment...

— Et ton père, Félix ? Il n'a pas essayé de faire marche arrière ? Se targuer d'un titre auquel il n'avait aucun droit, quelle bêtise ! Il devait bien se douter que la vérité serait un jour découverte...

— Tu connais mon père, murmura Félix. Quand il avait des problèmes, il essayait de ne pas y penser. Il espérait toujours qu'une solution tomberait du ciel ! Malheureusement, il n'y a pas de miracle en ce bas monde...

Il parut soudain écrasé par les soucis.

— Puis sa pauvre tête a commencé à aller mal. Et maintenant...

— ...maintenant, évidemment, le pauvre homme n'est plus conscient de rien. Tant mieux pour lui, au fond !

Après un instant de réflexion, le duc s'écria d'un ton de reproche :

— Mais toi, Félix, tu aurais pu essayer d'arranger les choses avant qu'elles ne prennent de telles proportions ! Pourquoi n'as-tu rien fait ?

— Tout simplement parce que je n'étais au courant de rien. C'est seulement quand ma tante m'a annoncé qu'elle se rendait au Havre que j'ai appris ce qui se passait.

— Tu n'aurais pas pu l'empêcher de partir ?

— Avant que mon père ne soit victime de cette attaque, elle lui avait promis de s'occuper de cela. Pour elle, une promesse est sacrée...

Le duc jura entre ses dents.

— Eh bien ! En fait de sacré... On peut dire que nous nous retrouvons maintenant dans une sacrée situation !

Il se leva et se mit à faire les cent pas avant de venir s'arrêter devant Virginia.

— Je suis absolument navré. Au nom de toute la famille, permettez-moi, mademoiselle, de vous présenter de sincères excuses. Vous devez être furieuse !

— Pas du tout. Lorsque j'ai annoncé à Margie que j'allais prendre sa place, ce n'était pas avec l'intention d'épouser le fils du duc. J'étais très en colère et tenais à dire à ces inconscients ce que je pensais de leur attitude irresponsable.

— On ne peut plus faire la leçon au père de Félix, hélas !

— Mais si, un jour, le hasard me met en face de lord Walsgrave, je vous assure que je n'hésiterai pas à lui faire part de mon opinion !

Plus calmement, la jeune fille enchaîna :

— Cela dit, je ne suis pas mécontente d'être venue jusqu'ici. Cela m'a permis de faire la connaissance de Félix, avec lequel j'ai bien l'intention d'entamer des relations épistolaires suivies. Et j'ai eu ainsi l'occasion de faire un voyage jusqu'en Touraine...

Avec une pointe de regret, elle ajouta :

— Évidemment, je n'aurai pas l'occasion de visiter les célèbres châteaux de la Loire, ni toutes les villes chargées d'histoire que l'on peut admirer dans cette belle région...

Avec un sourire forcé, elle conclut :

— Bah ! Ce sera peut-être pour une autre fois !
— Je l'espère, dit Félix.

Il se tourna vers son cousin.

— Voilà, conclut-il, désormais, tu sais tout, Amaury.

Il désigna la cafetière.

— Veux-tu du café ? Il doit être froid depuis tout ce temps...

Il étendit la main vers la petite clochette d'argent.

— Je vais demander à Hortense de nous en apporter d'autre.

— Non, non, ne la dérange pas. Elle a déjà bien assez à faire comme cela. Et j'ai pris mon petit déjeuner avant de venir ici. Je me suis levé très tôt pour monter à cheval. C'est en regagnant le château que j'ai trouvé Pierre...

Après un silence, le duc demanda :

— Comment va ton père ?
— Il est toujours dans le même état...

Le visage de Félix s'assombrit.

— Je crains fort que le jour où il y aura un changement, ce ne soit pas pour un mieux, hélas !
— Hélas ! fit son cousin en écho.

Après un soupir, il s'enquit :

— Tu m'as appelé d'urgence. Pourquoi ? Pierre a été incapable de me donner la moindre explication.

— Tu comprends bien que cela m'ennuie de faire voyager Virginia dans la charrette du fermier...

— La pauvre ! Je l'imagine mal cahotée dans un véhicule qui sent le fumier...

— Accepterais-tu de la conduire à Tours où elle prendra un train pour Paris ?

— Et de là, je n'aurai plus qu'à me rendre au Havre ou à Calais... murmura la jeune fille sans enthousiasme, car elle n'avait aucune envie de quitter aussi vite la Touraine.

Le duc n'hésita pas.

— J'ai une bien meilleure idée !

— Ah ! s'exclama Félix, visiblement ravi.

Il se frotta les mains d'un air satisfait.

— J'avoue que c'était ce que j'attendais !

Virginia lui adressa un coup d'œil interrogateur.

— Comment cela ?

Félix lui sourit.

— Amaury et moi nous sommes toujours compris à demi-mot. Et il me semble que, cette fois encore...

La jeune fille fronça les sourcils.

— Je ne vois pas très bien où vous voulez en venir.

À ce moment-là, son regard rencontra celui du duc. Alors, son cœur se mit à battre la chamade tandis que, sans véritable raison, elle se sentait soulevée par une vague d'espoir insensé.

— Oui, j'ai une bien meilleure idée, répéta Amaury. Mademoiselle de Storrington...

— Oh, te voilà bien cérémonieux ! s'exclama Félix. Moi, je l'ai tout de suite appelée par son prénom.

— Virginia...

Amaury prononçait ces trois syllabes comme une caresse... Intensément troublée, la jeune fille se sentit devenir écarlate. Pour se donner une contenance, elle fixa le bout de ses bottines en fin chevreau.

— Virginia, vous avez dit tout à l'heure que vous étiez désolée de ne pas avoir le temps de visiter les châteaux de la Loire. Pourquoi ne passeriez-vous pas quelques jours à Rochebriac ? Je serais très heureux de vous faire découvrir la région.

Le cœur de la jeune fille battait toujours à tout rompre.

Avait-elle bien entendu ? Séjourner dans ce magnifique château, chez ce trop séduisant aristocrate ? Quel rêve ! Ce voyage qui avait commencé en cauchemar se terminait en apothéose !

Félix battit des mains.

— Voilà ce que j'attendais ! Voilà ce que j'espérais !

Son cousin le menaça du doigt.

— Toi, tu n'es qu'un manipulateur.

Félix éclata de rire.

— Avec de bonnes intentions !

Il se tourna vers Virginia.

— Voyez, tout s'arrange ! Mon cousin sera le meilleur des guides. Il vous montrera tout ce qu'il faut voir en Touraine, et j'espère aussi qu'il vous amènera ici de temps en temps pour me rendre une petite visite.

— Cela va sans dire, assura Amaury. Alors, Virginia, acceptez-vous mon invitation ?

— Je... je ne sais que dire.

— Vous n'allez pas refuser ! s'écria Félix.

— J'avoue que c'est bien tentant. Mais...

Elle hésita. Quelles objections pouvait-elle bien présenter pour ne pas avoir l'air de se précipiter avidement sur cette offre ? Car si elle s'était écoutée, c'est exactement ce qu'elle aurait fait !

La bienséance voulait cependant qu'une jeune fille n'accepte pas l'invitation d'un monsieur qu'elle avait seulement rencontré la veille. Félix, qui était très intuitif, devina sans peine la raison de ses réticences.

— Je devine ce que vous pensez, Virginia ! Une jeune fille ne se rend pas chez un monsieur seul ? C'est cela ?

— Je ne suis pas seul, protesta le duc. Et les domestiques ?

— Tu es de mauvaise foi, Amaury, déclara Félix. Oui, tu es de mauvaise foi et tu le sais parfaitement ! Ce n'est pas un domestique qui pourra servir de chaperon à Virginia !

— Tu ne m'apprends rien, mon cher cousin. Mais, vois-tu, je me disais qu'une jeune fille assez indépendante pour faire fi des conventions se montrerait moins timorée. Après tout, ce n'est pas la première débutante venue qui prendrait l'initiative de partir à l'aventure à l'étranger, et cela, dans l'unique but de rendre service à une personne qu'elle a tout simplement entendue pleurer !

— Il vous faudrait un chaperon, insista Félix.

Le duc fit la grimace. Et Virginia était bien près de l'imiter... Seule la crainte de paraître trop effrontée l'en empêcha.

— La vie est terriblement injuste, soupira-t-elle. Vous, les hommes, vous pouvez faire tout ce que vous voulez, aller où cela vous chante... En revanche, les femmes n'ont aucun droit. J'ai toujours trouvé cela très choquant !

— Vous avez entièrement raison, assura Amaury. C'est à la fois choquant et injuste.

— Nous ne sommes plus au Moyen Âge! s'écria la jeune fille avec véhémence.

— Non, heureusement! De toute manière, même si l'époque médiévale est bien loin, il existe et il existera toujours certains codes sociaux à respecter.

Le rire cristallin de Virginia retentit.

— Vous n'auriez pas aimé vivre dans un château fort et porter une armure?

— Pas vraiment, rétorqua-t-il en riant. Ce costume de fer devait être des plus inconfortables.

— Je t'imagine très bien vêtu d'une armure, une lance à la main, dit Amaury en riant. Mais trêve de plaisanteries! Vous vous trouvez devant un problème...

Il marqua une pause.

— Oh, j'ai une idée! Si vous emmeniez ma tante Amélie avec vous?

— Ta tante est charmante et je l'adore, assura le duc d'un ton sarcastique. Mais je ne tiens pas à voir son visage pincé du matin au soir.

«Moi non plus!» aurait volontiers renchéri Virginia.

— Sommes-nous bêtes! s'écria Amaury. Comment se fait-il que nous n'y ayons pas pensé plus tôt? Et notre cousine Adeline?

— Notre cousine Adeline ne sort jamais de sa chambre, objecta Félix.

— Justement, de cette manière elle ne sera pas trop encombrante, fit le duc en riant.

Il se tourna vers la jeune fille.

— Cette cousine, qui est presque centenaire, ne quitte plus ses appartements situés tout au bout d'une aile du château. Elle est sourde, à moitié aveugle, mais grâce à sa présence les convenances seront sauves !

Virginia ne se fit pas davantage prier.

— Dans ce cas... je crois que je vais accepter votre aimable invitation, milord.

Amaury se remit à rire.

— En France, nous n'avons pas de milord.

Par jeu, il s'inclina très bas.

— Je vous donne l'autorisation, très gente demoiselle, de m'appeler par mon prénom.

— Merci.

Malgré tout, la jeune fille n'osa pas profiter de l'autorisation.

— Oui, je vais accepter votre aimable invitation, car j'ai trop envie d'admirer les villes tourangelles et de visiter quelques-uns des prestigieux châteaux de la Loire. Dans la bibliothèque de Storrington, j'avais découvert un vieil album consacré à ces merveilles d'architecture datant du XVe siècle ou de la Renaissance. Je l'ai souvent feuilleté en me demandant si j'aurais un jour l'occasion de voir ces édifices princiers autrement qu'en gravures rehaussées de touches d'aquarelle.

Félix parut ravi.

— Tout s'arrange ! Me promettez-vous, Virginia, de me rendre au moins une petite visite au cours de votre séjour ?

— Vous savez bien que vous me verrez !

De nouveau, elle hésita.

— Je me demande si je dois prévenir mon beau-père de ce changement de programme. Il me croit toujours à Hambourg...

— Ses amis ne l'ont pas prévenu ?

— Je ne pense pas que les Lueger l'aient mis au courant de mon départ. Ils doivent maintenant se sentir aussi coupables l'un que l'autre. Le baron parce qu'il ne s'est pas conduit convenablement, et la baronne parce qu'elle m'a expédiée à Rabat...

Félix observait le visage de la jeune fille.

— Vous entendez-vous bien avec votre beau-père ? demanda-t-il.

Il ne manquait pas de perspicacité, Virginia s'en était déjà aperçue.

— Non, avoua-t-elle. Nous ne sommes pas les meilleurs amis du monde, lui et moi. Autrefois, cela allait à peu près quand ma mère était là pour arrondir les angles. Maintenant qu'elle a disparu, mon beau-père et moi sommes à couteaux tirés.

Elle soupira.

— Mais comme il est en même temps mon tuteur, je dois lui obéir. Du moins tant que je ne serai pas majeure...

— À mon avis, vous pourriez simplement vous contenter de lui envoyer une carte postale de Chambord ou de Blois en lui disant que vous passez quelques jours chez des amis. Des amis dont vous vous garderez bien de lui donner l'adresse ! Comme cela, s'il a par hasard appris que vous avez quitté Hambourg, il ne vous imaginera pas mourant de soif dans les dunes du Sahara !

La jeune fille éclata de rire.

— Même si cela était, je ne crois pas qu'il s'inquiéterait beaucoup de mon sort.

Le duc haussa les sourcils.

— Il n'a donc pas plus de cœur que cela ?

— Je n'ai pas été la plus agréable des belles-filles, avoua Virginia avec sincérité. Je lui ai fait sentir que cela ne me plaisait pas de le voir s'installer sans vergogne à la place de mon père. J'estime qu'il n'aurait pas dû, par exemple, prendre possession de son bureau et encore moins de la chambre qu'ont occupée les comtes de Storrington depuis des siècles.

Elle rougit légèrement.

— Je sais, ce n'est pas bien grave, mais cela me choquait.

— S'il est devenu le maître de maison...

— Provisoirement. Dès que mon frère cadet sera assez grand pour assumer le rôle qui lui revient, je suis sûre qu'il mettra bon ordre à tout cela.

— Certaines personnes manquent singulièrement de tact, commenta Félix à mi-voix.

Le nez pointu de Mlle de Rochebriac apparut dans l'entrebâillement de la porte.

— Que se passe-t-il?

— Rien, ma tante, s'empressa de déclarer Félix. Rien!

Comme personne ne l'avait invitée à entrer, la vieille demoiselle n'osa pas s'imposer.

Le duc attendit qu'elle ait disparu pour se tourner vers la jeune fille.

— Dès que vous serez prête, nous pourrons prendre le chemin de Rochebriac.

— Quand vous voudrez.

Virginia se leva d'un bond, ravie à la perspective de faire la route dans ce superbe phaéton.

— Il faut que je demande à Pierre de bien vouloir descendre mes valises...

Félix parut très déçu.

— Oh! Vous partez déjà?

Confuse d'avoir manifesté un tel enthousiasme, Virginia hésita sur le seuil de ce sinistre salon. Et pourtant, il n'aurait pas fallu grand-chose pour le rendre agréable! Un coup de peinture, quelques métrages de tissu, des tapis neufs... et des fleurs!

— Je reviendrai vous voir, Félix, murmura-t-elle, un peu mal à l'aise. Ne vous l'ai-je pas promis?

— Et si tu venais dîner avec nous ce soir ? proposa Amaury.

Le visage de Félix s'éclaira.

— Ce serait avec le plus grand plaisir. Mais...

— ... mais tu n'as pas d'autre moyen de locomotion que la charrette du fermier ? termina le duc à sa place. Ne t'inquiète pas : j'enverrai une voiture te prendre à sept heures.

Tous les scrupules que pouvait encore avoir Virginia s'envolèrent. Le duc semblait tenir à Félix et se préoccuper de son bien-être. Dans ce cas, pourquoi ne l'aidait-il pas financièrement ? Un homme aussi riche que lui aurait pu verser une petite pension à son cousin et prendre en charge la restauration du manoir.

La jeune fille se promit de lui en toucher un mot, si du moins l'occasion s'en présentait...

« Il ne faut pas non plus que j'aie l'air de me mêler de ce qui ne me regarde pas. »

Quatre à quatre, elle gravit l'escalier poussiéreux et courut dans sa chambre.

La veille, celle-ci lui avait paru déprimante. Ce matin, elle lui trouvait presque un certain charme. Depuis qu'elle avait vu la voiture du duc remonter l'allée, elle se sentait incroyablement légère. C'était un peu comme si elle vivait dans un monde enchanté.

Le soleil lui paraissait plus brillant, les couleurs plus vives, l'air plus doux, la brise plus parfumée...

Que se passait-il donc ?

Elle était heureuse, tout simplement.

7

Le duc maintenait ses chevaux au petit trot sur une route qui longeait la Loire, alanguie entre des bancs de sable. De l'autre côté s'étendaient des champs couverts de blés dorés, que ponctuaient des bosquets ou des haies vives.

— Comme c'est beau, comme c'est calme! murmura Virginia.

Amaury lui sourit. Quand il souriait, cet homme qui, à première vue, donnait l'impression d'être très autoritaire et sûr de lui paraissait soudain plus jeune, plus accessible... et encore plus séduisant.

— Vous aimez la campagne? demanda-t-il.

— Plus que tout!

Le duc parut sceptique.

— Les lumières de la grande ville vous laisseraient donc complètement indifférente?

— Non, répondit-elle avec franchise. J'ai été très contente de faire mon entrée dans le monde et d'être de tous les grands bals, de toutes les réceptions...

Après un instant de réflexion, elle poursuivit:

— Je mentirais si je prétendais m'y être ennuyée. Mais on se rend bien vite compte que cela est très superficiel.

— Comme toutes les mondanités.

— Je le suppose.

— Ainsi, vous avez fait votre entrée dans le monde à Londres ?

— Dans toutes les règles ! J'ai été présentée à Sa Majesté la reine Victoria, j'ai valsé avec les héritiers des plus grands noms, des plus grandes fortunes...

— Cela ne vous a pas tourné la tête ?

Elle laissa échapper un léger rire.

— Bien au contraire ! Ces dandys, pour la plupart, sont tellement infatués d'eux-mêmes qu'ils ne prêtent aucune attention à ce qui les entoure.

— Et les débutantes ?

— Elles ne songent qu'à chercher un mari riche et titré. Et pour cela, tous les moyens leur sont bons...

Virginia adressa un coup d'œil malicieux à Amaury de Rochebriac.

— Les ducs sont très recherchés. Vous auriez beaucoup de succès à Londres.

— Je n'ai pas besoin de traverser la Manche pour cela.

Il eut un rire sardonique avant d'ajouter :

— Si vous croyez que les débutantes françaises sont différentes des débutantes anglaises, vous vous trompez.

— Alors, c'est la même chose partout ?

— Cela vous étonne ?

— À vrai dire, non. Mais je trouve cela bien dommage...

Le duc soupira.

— C'est ainsi, et depuis longtemps. On ne peut pas changer le monde.

— Dommage ! répéta la jeune fille.

Le duc ralentit quelque peu l'allure de ses chevaux.

— Quand avez-vous fait votre entrée dans le monde ? Cette année ?

— L'année dernière. Depuis, je n'ai pas eu l'occasion de retourner dans les salons.
— Pourquoi?
— J'étais en grand deuil : ma mère est morte cet hiver.
— Je suis navré!
— Pauvre maman! Elle était en pleine santé. Il a suffi d'une mauvaise grippe pour l'emporter en quelques semaines à peine.

Virginia baissa les yeux sur son ensemble de voyage bleu pâle, orné de brandebourgs marine.
— Je devrais toujours être en deuil, mais mon beau-père avait insisté pour que je laisse mes robes noires à la maison.

À mi-voix, comme pour elle-même, elle ajouta :
— Le deuil, je le porte dans mon cœur...

Cette fois, le duc demeura silencieux. Il se contenta de poser sa main sur celles de Virginia dans un geste qui signifiait toute sa compassion.

Quelques minutes plus tard, il reprit :
— Vous êtes jolie, vous portez un beau nom, je suppose que vous êtes richement dotée, et vous n'avez pas trouvé de mari au cours de cette première saison?

Le frais éclat de rire de la jeune fille retentit.
— Je ne suis pas si pressée!

Déjà, elle était redevenue sérieuse.
— Le jour où je me marierai, ce sera le jour où j'aurai rencontré l'homme de ma vie, celui que j'aimerai de tout mon cœur, et jusqu'à mon dernier souffle. Celui qui m'aimera tout autant...
— Vous croyez que de telles amours existent? demanda le duc, d'un ton quelque peu sceptique.
— Oh, oui!
— Comment le savez-vous?

— Mes parents s'aimaient de cet amour-là, rétorqua-t-elle simplement.

De nouveau, il y eut un silence.

— Moi aussi, j'espère rencontrer un jour la femme de ma vie, murmura Amaury. Pendant bien longtemps, je me suis demandé si elle existait...

— Et?

Le regard du duc s'évada vers les eaux scintillantes du fleuve paisible.

— Et je pense l'avoir trouvée.

La jeune fille frissonna en dépit de la tiédeur de l'air. Son cœur s'était alourdi à un point tel qu'il lui semblait soudain peser des tonnes. Elle avait envie de se terrer dans un coin comme un animal malade. Toute sa joie s'était envolée. La perspective de découvrir la Touraine et de passer quelques jours au château de Rochebriac avait cessé de l'enthousiasmer.

— J'en suis heureuse pour vous, fit-elle d'un ton contraint.

Elle craignait que le duc ne lui parle de l'élue, mais – grâce au ciel! – il changea de sujet de conversation:

— Donc, vous appréciez la campagne.

— Énormément. Pour moi, le comble du bonheur, c'est de galoper sans fin à travers champs, à travers bois...

— Oh! Vous pratiquez l'équitation?

— Bien sûr!

— Et... vous montez correctement?

Virginia, qui était une cavalière exceptionnelle, se contenta de répondre avec modestie:

— Je le crois.

— Dans ce cas, je vous ferai découvrir le domaine à cheval.

Les joues de la jeune fille rosirent.

— Vraiment ?

Toutes ses réticences avaient disparu. La perspective de se retrouver en selle lui faisait un tel plaisir ! Elle avait demandé à sa femme de chambre de mettre une amazone dans ses valises, mais, à son grand regret, elle n'avait pas eu l'occasion de la porter une seule fois lors de son séjour à Hambourg.

Maintenant que l'on parlait de chevaux, la jeune fille était plus à l'aise. Au moins, ce terrain ne comportait pas d'embûches !

— Votre attelage est superbe, dit-elle. Je l'avais déjà admiré hier. Ces quatre pur-sang sont si bien assortis !

— C'est d'autant plus curieux que je ne les ai pas achetés ensemble. Je possédais les deux premiers bien avant de trouver le troisième, dans une vente aux enchères.

— Et le quatrième ?

— Je ne l'ai que depuis peu de temps. Je n'avais aucune idée de ce qu'ils allaient donner sous le harnais... Or ils se sont tout de suite merveilleusement bien entendus.

— Avez-vous beaucoup de chevaux ?

— Une trentaine. Il faudra que vous visitiez les écuries.

— Avec plaisir ! Mais j'espère également pouvoir visiter le château.

— Cela va sans dire ! Il a été redécoré par ma mère, voici une dizaine d'années. Elle avait énormément de goût et a su mettre en valeur les meubles anciens, les bibelots et les tableaux collectionnés par mes ancêtres.

Ils arrivaient déjà en vue de la grille majestueuse que Virginia avait été tellement surprise de ne pas franchir, la veille.

Amaury mit ses chevaux au pas pour monter l'allée bordée d'une triple rangée de chênes. Et la jeune fille put enfin admirer ces merveilleux jardins à la française dont elle n'avait eu qu'un aperçu de loin. C'était de près, maintenant, qu'elle pouvait admirer les pièces d'eau, les fontaines, les statues, les arbres centenaires, les massifs de fleurs dont les couleurs s'harmonisaient si bien, les pelouses veloutées qui descendaient jusqu'à la Loire...

— C'est magnifique! s'exclama-t-elle.

Le château s'élevait sur une hauteur et se détachait sur un fond de verdure. Avec ses tourelles coiffées de toits pointus, il avait l'air d'un château de conte de fées!

— Bienvenue à Rochebriac, Virginia.

La jeune fille eut soudain envie de pleurer. Car bientôt, le duc dirait exactement les mêmes mots à une autre femme vêtue d'une somptueuse robe blanche. Celle qui avait su toucher son cœur. Celle qu'il épouserait. Celle qui passerait le reste de ses jours avec lui...

« Et moi? » soupira-t-elle avec désespoir.

Elle tenta de se raisonner. Elle n'allait tout de même pas tomber amoureuse d'un homme qu'elle avait seulement entraperçu la veille pendant quelques instants! Ce serait ridicule!

Un majordome les accueillit en haut du perron. Un majordome tellement stylé qu'il ne manifesta aucune surprise en voyant le châtelain arriver en compagnie d'une invitée.

— Martinaud, il faut demander à Mme Germain de préparer une chambre pour Mlle de Storrington.

— Très bien, monsieur le duc.

— Donnez-lui la chambre blanche, c'est la plus jolie.

— Très bien, monsieur le duc.

Le majordome s'inclina devant la jeune fille avant de s'effacer pour la laisser pénétrer dans un hall très clair au bout duquel s'élevait un splendide escalier à double révolution.

Amaury emmena ensuite son invitée dans un élégant salon meublé de bergères Louis XVI. Elle admira comme il convenait les glaces à trumeau, les tableaux de Fragonard, les rideaux en brocart gris-rose et les grands bouquets de fleurs qui s'épanouissaient un peu partout.

— Quelle pièce agréable ! s'écria-t-elle, déjà conquise. Il doit faire bon y vivre...

Les portes-fenêtres, grandes ouvertes, donnaient sur une terrasse dominant un petit lac sur lequel évoluaient paresseusement quelques cygnes.

— Et l'hiver, comme cela doit être bon de s'asseoir devant la cheminée où crépite un grand feu ! enchaîna la jeune fille.

À ce moment-là, ses yeux s'arrêtèrent sur la superbe cheminée en marbre surmontée d'une pendule dorée. Juste à cet instant-là, douze coups résonnèrent.

Virginia ne cacha pas sa surprise.

— Est-ce possible ? Il est déjà midi ?
— Mais oui.

En souriant, le duc ajouta :

— On ne voit pas le temps passer en votre compagnie...

« Je suppose qu'il le voit encore moins passer lorsqu'il se trouve en compagnie d'une autre ! se dit Virginia. Je me demande quelle serait la réaction de cette dernière si elle me voyait là... »

— Le déjeuner est en général servi à midi et demi, reprit Amaury. Ce qui ne nous laissera malheureusement pas le temps de monter à cheval ce matin. Bah, ce sera pour cette après-midi !

Le visage de la jeune fille s'éclaira.

— Oui ?

— Ne vous ai-je pas promis de vous faire visiter le domaine ?

Il jeta un coup d'œil à la pendule.

— Nous pourrions sortir tout de suite après le déjeuner. Je vous préviens : la cuisinière est très stricte en ce qui concerne les horaires des repas. Il faut dire qu'elle se donne beaucoup de mal et qu'il serait dommage de manger froid ses petits plats préparés avec tant de soin.

— N'ayez crainte, je serai très ponctuelle. Je tiens à faire honneur à la bonne cuisine française.

— J'aimerais que vous ayez le temps, avant le repas, d'aller jeter un coup d'œil à votre chambre. J'espère qu'elle vous conviendra.

— Elle sera certainement plus agréable que celle que l'on m'a attribuée au manoir de Candeuil ! ne put s'empêcher de remarquer la jeune fille.

Amaury leva les yeux au ciel.

— Entre nous, je ne comprends pas pourquoi Félix n'entretient pas mieux cette demeure.

Virginia était sidérée.

— Quoi ? Vous... vous ne comprenez pas que...

— Non.

Le duc haussa les épaules.

— Certes, son père est désormais incapable de veiller à tout cela. Mais Félix pourrait faire venir les peintres et les tapissiers ! Comment peut-il se complaire dans cette maison sinistre ?

— Il serait ravi, j'en suis sûre, de vivre dans un autre décor.

— Dans ce cas, il n'a qu'à faire l'effort de rénover le manoir ! Ce n'est pas la mer à boire... Il lui suffit d'appeler les artisans et de sortir son carnet de chèques.

Virginia n'hésita pas :

— Encore faudrait-il que son compte soit approvisionné.

Amaury sursauta.

— Quoi ?

— Vos cousins sont ruinés. Vous n'étiez pas au courant ?

Sans attendre la réponse du duc, elle poursuivit :

— Ils n'ont presque rien pour vivre. S'ils peuvent manger à leur faim, c'est seulement grâce aux légumes du potager, ainsi qu'aux œufs et aux volailles du fermier...

— Quoi ? répéta Amaury.

— Dans ces conditions, vous comprenez bien qu'il ne peut être question d'acheter un tapis neuf ou de retapisser le salon.

— Mon Dieu, j'ignorais tout de cela ! fit le duc d'une voix étranglée. Pourtant, je ne manque pas de rendre régulièrement visite à Félix quand je suis à Rochebriac. Pas une seule fois, cependant, il ne m'a parlé de ses difficultés d'argent !

Encore mal revenu de sa surprise, il rejeta ses cheveux en arrière dans un geste machinal.

— Et pourtant, je suis tout prêt à l'aider, il le sait. Dans ce cas pourquoi...

— Tout simplement parce qu'il est trop fier pour demander la charité, coupa Virginia.

— Vous avez passé quelques heures à peine à Candeuil, et vous avez réussi à apprendre des faits que j'étais loin de soupçonner ! Depuis quand mes cousins sont-ils ruinés ?

— Je l'ignore.

— Depuis déjà un certain temps, je suppose... murmura le duc. Probablement depuis qu'ils ont cessé d'entretenir le manoir.

— Cela semble logique.

— Ils avaient pourtant de l'argent. Qu'a-t-il pu se passer ?

— D'après Félix, son père a fait de mauvais placements. Pour tout arranger, il était joueur...

— Mon Dieu ! Je ne savais rien de tout cela !

— Comment vous expliquez-vous qu'ils aient laissé le manoir à l'abandon ?

— Par paresse, presque par incurie... Il faut dire que, à force de vivre tout le temps dans le même endroit, on ne le voit plus vraiment. Mais pas une seconde je n'ai pensé que...

Il secoua la tête d'un air navré.

— Oh, pourquoi Félix ne m'a-t-il jamais mis au courant de ses difficultés ? Il devrait pourtant savoir que je ne demande qu'à lui venir en aide !

— Félix est orgueilleux, vous dis-je.

— Mais il y a des limites !

La consternation d'Amaury était sincère. Et à cette pensée, Virginia se sentit le cœur plus léger. Cet homme n'était donc pas le terrible égoïste qu'elle avait imaginé ?

Son euphorie ne dura guère. Il lui suffit pour cela d'évoquer la femme dont le duc était amoureux. Celle qu'il allait épouser et qui vivrait avec lui dans cette merveilleuse demeure.

L'arrivée du majordome créa une diversion.

— La chambre de Mlle de Storrington est préparée, monsieur le duc.

— Déjà ? s'étonna le châtelain.

Le majordome eut un sourire presque supérieur.

— Mme Germain s'arrange toujours pour que quelques chambres soient prêtes à recevoir des visiteurs imprévus, monsieur le duc. Il suffit d'y jeter un dernier coup d'œil, d'y monter un bouquet de fleurs... et le tour est joué !

— Mme Germain est l'efficacité même.

— Si Mlle de Storrington le souhaite, Mme Germain peut l'y conduire tout de suite.

Le duc se tourna vers la jeune fille.

— Vous allez donc avoir le temps de monter voir si votre chambre vous convient.

— Je suis sûre que ce sera le cas.

Dès qu'elle se leva, le duc l'imita avec courtoisie.

— J'irais volontiers me laver les mains avant de passer à table, déclara-t-elle.

Elle leva les yeux vers la pendule dorée.

— Et si mes valises ont été montées, j'aurai le temps de me changer. J'avais mis ce matin cet ensemble de voyage car je pensais prendre le train pour Paris...

Elle esquissa un petit sourire.

— Décidément, l'existence est pleine de surprises!

— Heureusement! s'exclama le duc.

Le majordome avait ouvert la porte en faisant mine de ne pas écouter. En trouvant qu'une dame d'un certain âge, toute vêtue de satin noir, l'attendait dans le hall, Virginia devina sans peine qu'il s'agissait de la femme de charge.

— Bonjour, madame Germain, dit-elle gentiment en lui tendant la main.

— Oh, vous parlez français? Je croyais que vous étiez anglaise...

— Cela ne m'empêche pas de pouvoir m'exprimer dans la langue de Molière, rétorqua Virginia en riant.

— C'est ce que je vois! Si vous voulez bien me suivre, mademoiselle...

La femme de charge conduisit la jeune fille dans une délicieuse chambre au milieu de laquelle trônait un lit à baldaquin aux rideaux en soie d'un rose si pâle qu'il paraissait blanc.

« C'est le jour et la nuit avec la chambre que l'on m'a donnée au manoir de Candeuil ! pensa Virginia. Ici, je vais au moins avoir droit à un matelas de plume... »

À voix haute, elle déclara :

— Mes valises...

— Votre femme de chambre, Berthe, les a déjà défaites.

La petite brune en strict uniforme noir et blanc qui se tenait au bout de la pièce lui fit la révérence.

— Si Mademoiselle veut que je l'aide à se changer...

— Volontiers. Mais en ai-je le temps ?

— Bien sûr, dit Mme Germain. Je vais prévenir la cuisinière. Elle s'arrangera pour que le repas soit servi cinq minutes plus tard.

— De toute manière, je ferai vite ! Et si Berthe veut bien m'aider, cela ira encore plus vite !

Berthe ouvrit les placards.

— Quelle robe voulez-vous porter pour descendre déjeuner, mademoiselle ?

La jeune fille désigna une toilette très simple en plumetis blanc, qu'ornaient d'étroits rubans en velours bleu foncé.

— Celle-ci. Il faudra aussi que je me lave les mains et que je me recoiffe...

— Votre nécessaire de toilette se trouve déjà dans la salle de bains, mademoiselle.

Berthe ouvrit une autre porte et Virginia aperçut une haute baignoire en fonte, une robinetterie chromée, des piles de serviettes nid-d'abeilles immaculées et, le plus extraordinaire, un chauffe-eau en cuivre des plus moderne. Ah, quelle différence entre le château de Rochebriac et le manoir de Candeuil !

Le majordome, aidé par deux valets en livrée, leur servit un repas exquis dans une salle à manger en rotonde dont les portes-fenêtres étaient ouvertes sur le parc.

Assise en face du duc, Virginia s'efforçait de vivre seulement dans l'instant présent.

— Quel délicieux vol-au-vent! Ah, la cuisine française est vraiment la meilleure!

Le majordome s'inclina, visiblement ravi.

— Si mademoiselle veut bien me le permettre, je transmettrai ses compliments à la cuisinière.

— Oh, oui, je vous en prie! D'ailleurs, j'ai l'intention d'aller la féliciter moi-même de vive voix. Peut-être acceptera-t-elle de me confier certaines de ses recettes pour que je les transmette à la cuisinière de Storrington?

Le majordome parut dubitatif.

— Mme Jacquemin fera peut-être une exception pour vous, mademoiselle. Mais d'habitude, elle ne révèle à personne ses secrets de cordon-bleu.

— Tant pis...

Après avoir fait honneur aux fraises à la crème dont elle s'était servie généreusement, la jeune fille adressa au duc un coup d'œil interrogateur.

— Que faisons-nous maintenant?

— Je vous avais proposé de monter à cheval...

— C'est très aimable de votre part, mais je ne voudrais pas abuser de votre hospitalité, et encore moins de votre temps. Si vous avez d'autres obligations, n'hésitez surtout pas à me le dire.

— Alors que le hasard – ou peut-être le destin? – m'a permis de recevoir la plus charmante des invitées, comment pourrais-je ne pas souhaiter être tout le temps avec elle?

Virginia se sentit un peu mal à l'aise. Flirtait-il? Il n'en avait pas vraiment le droit...

Il se leva.

— Nous n'avons qu'à nous retrouver dans le hall dès que vous serez prête. Combien de temps vous faut-il pour vous changer ?

— Dix minutes.

Il la regarda avec incrédulité.

— C'est bien peu ! Je vous accorde un quart d'heure.

— Dix minutes me suffiront.

La jeune fille tint parole. Huit minutes plus tard exactement, elle descendait l'escalier à toute allure, en remontant légèrement sa jupe d'amazone en drap couleur feuille morte.

Amaury l'attendait dans le hall. La taille bien prise dans sa veste d'équitation, il avait une allure folle... et le cœur de Virginia manqua un battement.

— Bravo ! s'exclama-t-il. Je me demande comment vous avez fait pour aller aussi vite.

— J'avais hâte de monter à cheval...

«... et de vous retrouver», ajouta-t-elle intérieurement.

Aussitôt, elle s'en voulut de laisser ses pensées s'égarer ainsi. Cet homme trop séduisant n'était pas libre. Ne le lui avait-il pas clairement fait comprendre ?

Ils traversèrent les pelouses pour se rendre aux écuries auxquelles on accédait depuis le parc par un passage voûté. Autour d'une cour pavée s'élevaient les boxes et la sellerie. Un autre passage voûté donnait accès aux hangars à voitures et à ceux où l'on stockait le foin, l'avoine et la paille.

Virginia alla d'une stalle à l'autre, admirant comme il convenait de fringants pur-sang ou de solides anglo-arabes. Elle avait un coup d'œil très sûr et Amaury ne manqua pas de s'étonner de ses connaissances.

— Vous parlez comme un entraîneur confirmé !

Elle éclata de rire.

— Merci pour le compliment, car pour moi, c'en est un.

— Comment se fait-il que vous sachiez tant de choses ?

— Autrefois, mon père m'emmenait avec lui sur les champs de courses ou dans les ventes. J'écoutais les spécialistes avec intérêt... Et maintenant, j'en sais plus sur les chevaux que... que sur les dernières tendances de la mode, par exemple !

— Ce qui ne vous empêche pas d'être toujours très élégante.

La jeune fille le remercia du bout des lèvres. Flirtait-il encore ? Peut-être pas. En tout cas, elle aurait bien tort de s'offusquer d'un petit compliment !

À cette heure de la journée, tout était très calme. Les hommes et les chevaux se reposaient. Deux palefreniers qui devaient être en train de faire la sieste apparurent en bâillant.

— Vous allez monter maintenant, monsieur le duc ?

— Oui. Sellez-moi Jupiter, s'il vous plaît. Et vous sortirez également Acanthe. Mettez-lui une selle d'amazone.

— Bien, monsieur le duc.

Virginia ne cacha pas sa déception.

— Vous ne m'avez pas laissée choisir ma monture !

— Vous ne les connaissez pas encore. Et je ne sais pas comment vous montez.

— Quand mon père m'a mise sur mon premier poney, je savais à peine marcher !

— Je préfère juger par moi-même. Certains de ces chevaux sont difficiles et je ne voudrais pas risquer un accident.

La jeune fille ne répondit pas. Mais elle était un peu vexée qu'il ne lui fasse pas davantage confiance...

Sur ces entrefaites, on leur amena un bel étalon noir et une très jolie jument grise.

Voyant qu'un palefrenier apportait un montoir, le duc l'écarta d'un geste.

— Nous n'avons pas besoin de cela.

Il saisit Virginia par la taille et, sans effort apparent, la souleva et la maintint à bout de bras devant lui.

— Vous êtes plus légère qu'une plume !

Leurs regards se rencontrèrent, tandis que la jeune fille sentait les battements de son cœur s'affoler. Si elle s'était écoutée, elle aurait glissé les doigts dans l'épaisse chevelure sombre du duc, tout ébouriffée par la brise.

Enfin, il la mit en selle. Encore troublée, elle s'empara machinalement des rênes que lui tendait un palefrenier. Au pas, les deux cavaliers quittèrent les écuries par un portail grand ouvert qui donnait directement sur la campagne.

Un quart d'heure plus tard, après avoir vu Virginia sauter un tronc que, par prudence, il lui avait suggéré de contourner, Amaury déclara :

— J'avais tort de m'inquiéter : vous êtes une excellente cavalière !

— Vous ne montez pas trop mal, vous non plus, rétorqua-t-elle, malicieuse.

Lorsqu'ils regagnèrent le château, deux heures plus tard, le duc déclara :

— Demain, vous pourrez choisir le cheval qui vous plaira !

— Hourra !

En signe de victoire, Virginia leva son petit feutre très haut dans le ciel et ses boucles dorées se mirent à voler dans le vent.

— Comme vous êtes jolie ! s'exclama Amaury, visiblement conquis.

Lorsque Félix avait prononcé les mêmes paroles, la jeune fille ne s'était aucunement sentie troublée. Il en allait bien différemment maintenant ! Une nouvelle fois, son cœur s'emballa...

Le majordome attendait leur retour en haut du perron.

— Vous avez une visite, monsieur le duc.

— Je n'attendais personne... Qui cela peut bien être ?

— Cette personne ne m'a pas donné son nom, monsieur le duc. Elle m'a dit qu'elle voulait vous faire une surprise.

— Une surprise ! Par exemple... Qui cela peut-il bien être ? répéta Amaury en pénétrant dans le hall.

La visiteuse devait guetter le duc, car elle courut à sa rencontre. Cette jeune femme rousse aux yeux d'une étonnante nuance jaune était vêtue avec une élégance tapageuse. Soit, sa robe en soie émeraude ornée de volants et de bouillonnés mettait ses formes voluptueuses en valeur, mais ce n'était pas exactement ce qui convenait pour la campagne. Pas plus que ce chapeau orné de plumes d'autruche, du même vert que sa toilette. Un chapeau tellement large que Virginia se demanda comment celle qui le portait réussissait à passer les portes...

— Amaury ! Mon cher Amaury !

— Henriette, j'étais loin de m'attendre à vous voir ici !

Elle battit des cils.

— Des amis m'ont invitée à séjourner dans la région. Quand j'ai su que le château de Rochebriac se trouvait sur le chemin, vous pensez bien que je n'ai pas hésité une seconde...

— Vous avez bien fait.

— Mes amis ne m'attendent pas avant quelques jours. J'ai donc décidé de faire une étape ici...

Elle eut une moue d'enfant gâtée avant d'ajouter :

— ... si du moins vous voulez bien de moi ?

— Vous savez que vous êtes toujours la bienvenue.

La visiteuse s'empara des mains du duc dans un geste plein d'abandon.

— Êtes-vous content de me voir, mon cher Amaury ?

— Bien sûr... Ma chère Henriette, permettez-moi de vous présenter Mlle Virginia de Storrington.

Les yeux jaunes de la jolie rousse brillèrent d'une lueur qui ne disait rien de bon.

— Qui est-ce ? demanda-t-elle en pinçant les lèvres.

— Une amie anglaise à laquelle je fais découvrir la Touraine. Virginia, voici Henriette de Pracontin, une Parisienne que je m'étonne de voir à la campagne...

En riant, il ajouta :

— ... car elle a toujours prétendu que la seule vue d'un pré lui donnait des boutons !

— Vous savez bien que je plaisantais, mon cher Amaury. C'était mon mari qui ne voulait jamais quitter Paris.

Elle prit un air douloureux.

— Maintenant que je l'ai perdu, hélas, je ne suis plus obligée de rester en ville.

Son sourire revint.

— J'ai toujours adoré la campagne et mon plus cher désir est de vivre dans un aussi merveilleux décor que celui-ci...

Ah, elle ne faisait pas mystère de ses intentions ! Virginia devina qu'elle se trouvait vraisemblablement devant celle dont le duc était amoureux.

La jeune fille avait jugé la visiteuse en quelques instants. C'était une comédienne prête à tout pour arriver à ses fins.

« Je suis sûre qu'elle le rendra malheureux. Comment peut-il aimer une femme aussi superficielle ? »

Henriette de Pracontin s'accrocha au bras du duc et, délibérément, tourna le dos à Virginia.

— Mon cher Amaury, il faut absolument que je vous raconte tous les derniers potins de Paris. Savez-vous ce que vient de faire notre amie commune Caroline d'Haussy ? Ah, je vous le donne en mille ! Imaginez que...

Voyant qu'ils ne lui prêtaient pas plus attention l'un que l'autre, Virginia décida que la seule chose à faire était de s'éclipser discrètement.

Discrètement... mais sans trop de hâte car elle espérait que le duc la retiendrait peut-être. Hélas, ce ne fut pas le cas ! Subjugué par la belle Henriette de Pracontin, il semblait avoir complètement oublié sa présence.

Une fois dans sa chambre, la jeune fille se mit à tourner en rond comme un animal en cage. Amaury avait promis de lui faire visiter le château de fond en comble, mais à cause de cette visite inattendue, il n'en était plus question.

« Moi qui étais si contente à mon arrivée ici ! »

Les yeux brouillés de larmes, Virginia contempla sans vraiment le voir le splendide tapis d'Aubusson.

Cependant, comme elle n'était pas de celles qui se laissaient aller au désespoir, elle s'obligea à réagir.

« Au lieu de pleurnicher, je ferais mieux d'aller me promener dans le parc. En tentant de penser à autre chose... »

Mais comment aurait-elle pu chasser l'image du trop séduisant Amaury de Rochebriac de son esprit? À chaque instant, elle revoyait son visage, son sourire, il lui semblait même entendre sa voix...

Virginia était furieuse contre elle-même.

« Je suis bien bête de rêver d'un homme qui n'a d'yeux que pour une autre! Il me l'a dit, il me l'a démontré... Dans ce cas, à quoi bon rêver d'impossible? »

Elle fit le tour du lac, alla admirer les fontaines et chacune des statues. Puis ses pas l'amenèrent jusqu'aux serres où elle trouva deux jardiniers spécialisés en train d'entretenir de superbes plantes exotiques.

Elle leur posa mille questions, tentant de s'intéresser à la culture des orchidées et à celle des fruits tropicaux. Dans d'autres circonstances, cela l'aurait passionnée. En ce moment, tout la laissait indifférente.

« Mon Dieu, que m'arrive-t-il? » ne cessait-elle de se demander.

Ce qui lui arrivait? Elle ne le savait que trop! Elle était follement, désespérément amoureuse du duc de Rochebriac. Oui, son cœur ne battait plus, désormais, que pour un homme qu'elle avait seulement rencontré la veille. Un homme qui, en ce moment, était peut-être en train d'embrasser passionnément une rousse aux formes voluptueuses et aux étranges yeux jaunes...

Elle regagna sa chambre et, sans même prendre la peine de sonner Berthe, se fit couler un bain.

Puis elle se mit en devoir de s'habiller pour la soirée. Par une réaction presque puérile, elle avait décidé de se faire très, très belle ce soir-là. Elle mit donc l'une de ses plus jolies robes : une création parisienne en mousseline de soie ivoire, ornée de minuscules roses ton sur ton, dont la coupe mettait particulièrement en valeur sa taille fine et sa silhouette élancée. Puis elle se coiffa elle-même, en réunissant ses boucles dorées en arrière, de manière à dégager la ligne pure de son cou.

Comme elle était prête très longtemps en avance, elle décida de faire l'aller et retour jusqu'au manoir de Candeuil.

« Cela m'occupera et m'évitera de ruminer... »

Elle se souvenait très bien que le duc devait envoyer une voiture chercher Félix. Et lorsqu'elle arriva dans la cour des écuries, un cocher achevait justement d'atteler une confortable calèche.

— Devez-vous vous rendre au manoir de Candeuil ? lui demanda-t-elle.

— Justement, oui, mademoiselle.

— Je vais avec vous.

— Comme vous voulez, mademoiselle. Il y aura bien assez de place pour vous et M. Félix.

Avec une nostalgie douce-amère, la jeune fille refit en sens inverse le chemin qu'elle avait emprunté le matin même, la tête pleine de rêves et le cœur battant...

Félix, qui attendait le moyen de transport promis, parut très surpris de la voir.

— Que faites-vous ici ? demanda-t-il tout en s'installant péniblement dans la voiture.

— Je suis venue vous chercher.

Quelque peu déconcerté, Félix s'exclama :

— Est-ce possible ? J'aurais vraiment pensé que vous aviez mieux à faire au château... Mon cousin vous a laissée partir ?

Virginia haussa les épaules.

— Votre cousin n'a pas le temps de s'occuper de moi, déclara-t-elle avec amertume. Il vient de recevoir la visite d'une élégante Parisienne. Une certaine Henriette de Pracontin qui semble tenir beaucoup de place dans sa vie.

— Vous m'étonnez. Je ne l'ai jamais entendu parler de cette femme.

— Vous allez faire sa connaissance : elle s'est invitée pour plusieurs jours.

Félix paraissait de plus en plus surpris.

— Et vous êtes sûr qu'Amaury est heureux de l'accueillir ?

— Il l'a reçue très aimablement.

Félix demeura silencieux, perdu dans ses réflexions.

Lorsque la calèche s'arrêta en bas du perron du château, le majordome ouvrit la porte en grand.

— Cela me fait très plaisir de vous voir, monsieur Félix.

— Moi aussi, Martinaud.

Le majordome était trop stylé pour manifester son étonnement. Mais il était évident qu'il ne s'attendait pas à ce que Virginia soit dans cette voiture.

En revanche, le duc ne cacha pas sa stupeur en venant accueillir son cousin.

— Quoi ? Vous êtes allée à Candeuil, Virginia ?

— Il paraît que tu n'avais pas le temps de t'occuper de Mlle de Storrington, lança Félix d'un ton où perçait un léger reproche.

— Quelle idée ! Je l'ai cherchée partout... Je devais lui faire visiter le château ! Et elle avait disparu !

Un peu d'espoir revint au cœur de la jeune fille. Mais cet espoir mourut aussi vite qu'il était né quand Henriette de Pracontin vint s'accrocher à l'épaule d'Amaury dans un geste possessif.

— Henriette, permettez-moi de vous présenter mon cousin Félix de Rochebriac.

Sans même songer à tendre la main au malheureux infirme, la jeune femme le toisa avec autant de dégoût que s'il avait été un insecte répugnant.

Choquée, Virginia prit Félix par le bras pour l'aider à se rendre dans le grand salon où du champagne les attendait.

Félix demeurait silencieux. Virginia ne trouvait rien à dire. Seule Henriette de Pracontin papotait. Délibérément, elle parlait de gens dont ni Félix ni Virginia n'avaient jamais entendu parler. Le duc était le seul à lui donner la réplique.

Le majordome ne tarda pas à annoncer que le dîner était servi et ils se retrouvèrent tous dans la grande salle à manger. Sous les lustres, les cristaux et l'argenterie étincelaient. La cuisinière s'était surpassée, mais l'atmosphère demeurait tendue. Car, de nouveau, seule Henriette monologuait...

Soudain, le duc se tourna vers son cousin.

— Pourquoi ne m'as-tu jamais dit que tu avais des difficultés matérielles ?

Félix parut très gêné.

— Bah, je me débrouille... Ne t'inquiète pas pour moi.

— Justement, si !

Henriette de Pracontin battit des cils.

— Vous êtes si généreux, Amaury ! Trop généreux...

Le duc eut un geste agacé.

— Félix, nous...

— Plus tard, coupa son cousin. Ce n'est pas le moment.

— Tu as raison, admit Amaury, quelque peu décontenancé.

Ils en étaient au dessert quand Félix adressa un petit clin d'œil à Virginia. Non, elle n'avait pas rêvé ! Félix lui avait bien fait un clin d'œil complice ! Puis il se tourna vers son cousin :

— Tu avais promis à Virginia de lui faire visiter le château ? N'est-ce pas le moment ? La nuit, à la lueur des lustres, il est... magique, tout simplement !

Henriette ne perdit pas une seconde :

— Moi aussi, je veux visiter le château à la lueur des lustres ! s'écria-t-elle. Je veux...

Félix lui coupa la parole.

— Vous, vous allez me tenir compagnie, déclara-t-il avec une autorité inhabituelle.

— Mais...

Déjà, Amaury était debout.

— Tu as toujours de bonnes idées, Félix !

Là-dessus, il s'empara de la main de la jeune fille et l'entraîna vers le hall.

— Henriette, je vous laisse en compagnie de mon cousin, qui est un homme charmant...

Avec ironie, il ajouta :

— Vous avez déjà pu le constater, n'est-ce pas ?

Amaury tenait toujours la main de Virginia dans la sienne lorsqu'ils firent leur entrée dans le salon de musique.

Il y avait là un grand piano, un clavecin, une harpe... mais la jeune fille, qui en temps ordinaire se serait tout de suite précipitée sur le piano pour l'essayer, n'avait d'yeux que pour le duc.

Et ce dernier n'avait d'yeux que pour elle.

— Je sais, commença-t-il d'une voix rauque. Tout cela est beaucoup trop précipité... Mais j'ai eu tellement peur de vous perdre !

— De... de me perdre?

— Tout à l'heure, quand j'ai demandé à un valet s'il savait où vous étiez, il m'a répondu que vous étiez partie. J'ai vraiment cru que vous aviez disparu pour de bon! Comment aurais-je pu imaginer que vous vous étiez simplement rendue à Candeuil pour y chercher Félix?

Il secoua la tête.

— Oui, tout cela est trop précipité... répéta-t-il. Mais quand on a la chance inouïe de se trouver devant la femme de sa vie, peut-on perdre une seconde pour lui avouer son amour?

Il l'avait donc choisie comme confidente? La jeune fille baissa la tête. Rien ne lui serait donc épargné?

— Vous... vous aimez Henriette?

Le duc la regarda avec stupeur.

— Moi? M'intéresser à cette femme futile, sotte et infidèle, de surcroît? Car il est de notoriété publique qu'elle ne cessait de tromper un mari vieux et malade...

Il attira la jeune fille contre lui.

— C'est vous que j'aime, Virginia.

Elle retint sa respiration.

— Vous... vous m'aimez?

— Et cela, depuis que le destin nous a mis l'un en face de l'autre... Celle que j'attendais depuis des années, celle que je désespérais de rencontrer un jour est apparue devant moi par miracle, dans une rue de Tours...

Il soupira.

— Je ne devrais pas vous parler ainsi. Je devrais attendre que nous nous connaissions un peu mieux... mais j'ai tellement peur de vous voir disparaître à nouveau!

— Je n'avais rien d'autre à faire, alors je me suis dit que je pourrais aller chercher Félix...

— Pourquoi ne pas m'avoir prévenu ?

— Je ne savais pas où vous étiez. Je vous croyais en compagnie de Mme de Pracontin et... et je ne voulais pas vous déranger.

— Vous ? Me déranger...

Avec une infinie douceur, il lui caressa la joue.

— Croyez-vous que vous pourrez un jour m'aimer... un peu ?

Elle leva vers lui des yeux étincelants.

— Je vous aime, Amaury, avoua-t-elle sans la moindre hésitation. Et j'étais très malheureuse, car j'étais persuadée que seule Mme de Pracontin comptait pour vous...

— Quelle idée !

— Mais vous m'aviez dit avoir rencontré la femme de votre vie ! Je... j'ai cru que...

— Cette femme, c'est vous, Virginia.

— Oh, fit seulement la jeune fille, dont la bouche s'arrondit dans une exclamation.

Alors, le duc lui ferma les lèvres d'un baiser. Un baiser tout d'abord infiniment tendre, qui se fit de plus en plus passionné. Un baiser auquel Virginia, les yeux clos, répondait dans un élan venu du plus profond d'elle-même.

Enfin, le duc releva la tête.

— Quand nous marierons-nous, mon amour ?

Quoi, elle allait devenir la femme d'Amaury, vivre avec lui dans ce merveilleux château, au cœur d'une magnifique région ? C'était trop de bonheur !

— Quand nous marierons-nous ? redemanda le duc.

Une légère rougeur couvrit les joues veloutées de la jeune fille.

— Quand vous voudrez, murmura-t-elle.

Et, de nouveau, leurs lèvres se rencontrèrent pour sceller le plus doux des accords.

Un peu plus tard, ils retrouvèrent Félix au grand salon où l'on venait de servir le café.

Le duc haussa les sourcils.

— Tu es seul ?

— Oui.

Visiblement très content de lui, Félix se frotta les mains.

— Mme de Pracontin vient de partir. Furieuse !

— Que lui as-tu dit ? interrogea Amaury, soupçonneux.

Félix prit un air vertueux.

— Oh, pas grand-chose !

— C'est-à-dire ?

— Simplement qu'elle était un peu ridicule de s'accrocher à toi comme une sangsue...

Le duc eut un haut-le-corps.

— Et tu estimes que... que ce n'était pas grand-chose ?

— Étant donné le dédain avec lequel cette vipère m'avait traité, j'avais bien droit à une petite revanche. J'ai ajouté que tu étais amoureux de Virginia et que tu allais l'épouser.

Visiblement très satisfait de lui-même, il termina :

— Il n'en a pas fallu davantage pour qu'elle prenne ses cliques et ses claques, comme dirait Hortense dans son langage imagé !

Le duc et Virginia échangèrent un regard sidéré. Puis, dans un geste plein de naturel, Amaury prit la jeune fille par la taille.

— C'est vrai. Virginia et moi nous aimons et allons nous marier. Mais comment l'as-tu deviné ?

Félix laissa échapper un petit rire.
— Je te connais, Amaury! Je te connais... Je savais bien que tu n'étais pas assez stupide pour laisser échapper un trésor comme Virginia!

Barbara Cartland

Découvrez, sans plus attendre les autres romans de Barbara Cartland, la reine incontestée du roman sentimental.
Voici la liste de ses romans actuellement disponibles.

Escapade en Bavière
N° 931
Les feux de l'amour
N° 944
Impétueuse duchesse
N° 1023
Cœur captif
N° 1062
Sous le charme gitan
N° 1120
Le cavalier masqué
N° 1238
Les amours au paradis
N° 1297
Il ne nous reste que l'amour
N° 1347
L'amour fou de Zivana
N° 1348
La fleur de Cornouailles
N° 1361
Lune de miel au Rajasthan
N° 1440
Un amour qui ne meurt jamais
N° 1468
La déesse et la danseuse
N° 1581
L'enchanteresse
N° 1627
La princesse en péril
N° 1762
Rencontre dans la nuit
N° 1807
L'amour est un songe
N° 1843
L'amour à la barre
N° 1870
Un mari chevaleresque
N° 2114

Le sable brûlant d'Hawaï
N° 2188
Le piège de l'amour
N° 2664
Un mariage en Écosse
N° 2716
Le jugement de l'amour
N° 2733
La princesse des Balkans
N° 2856
Le carrousel de l'amour
N° 3089
La fausse duchesse
N° 3901
Une si jolie gitane
N° 4100
Tous les parfums des Indes
N° 4394
Trois jours pour aimer
N° 4559
Les portes du paradis
N° 5487
Premier bal
N° 5663
La rose d'Écosse
N° 5693
Elle voulait simplement être aimée
N° 5712
La captive du Grand Vizir
N° 5810
Une épouse à tout prix
N° 5831
Les manigances de Georgina
N° 5832
En route vers l'amour
N° 5851
L'amour sinon rien
N° 5872

Le trésor caché
N° 5873

Le duc qui haïssait les femmes
N° 5980

Un héritage embarrassant
N° 5988

Pour l'amour d'un prince
N° 5989

Sous le charme d'une inconnue
N° 5999

L'arme secrète de Lucinda
N° 6015

Ballade en Égypte
N° 6025

Musique au cœur
N° 6026

La croisière de l'amour
N° 6030

L'appel de l'amour
N° 6083

La revanche du vicomte
N° 6107

Les méandres de l'amour
N° 6108

Caterina et le duc
N° 6141

Après tant d'obstacles... l'amour
N° 6168

L'amour à portée de main
N° 6169

Sylvia, l'indomptable
N° 6195

Aux bons soins de Belinda
N° 6203

Courageuse Angelina
N° 6229

La princesse russe
N° 6230

Un paradis pour Wanda
N° 6289

Duchesse malgré elle
N° 6327

L'amour n'avait pas de nom
N° 6352

Pour l'amour de l'Écosse
N° 6353

Princesse de mon cœur
N° 6374

Le duc et l'amour
N° 6375

À la recherche de l'amour
N° 6434

Le brigand et l'amour
N° 6386

Un amour miraculeux
N° 6507

À jamais conquise
N° 6508

À paraître en avril 2003

Quand vient l'amour
N° 3237

Un cœur au paradis
N° 6538

Tout est bien qui finit bien
N° 6539

---

2 romans pour 4,50 euros seulement

Le lys de Brighton, *suivi de :* Rêver aux étoiles
N° 5496

Ah, l'adorable menteuse !, *suivi de :* La sérénité d'un amour
N° 5498

Sincère ou tricheuse ?, *suivi de :* La tigresse apprivoisée
N° 5499

La fiancée pour rire, *suivi de :* Duchesse d'un jour
N° 5500

Un amour au clair de lune, *suivi de :* Fortuna et son démon
N° 5878

Le portrait de l'amour, *suivi de :* De l'enfer au paradis
N° 5880

L'irrésistible charme d'Helga, *suivi de :* Le secret de l'Écossais
N° 5979

Une épouse particulière, *suivi de :* Le sortilège des Antilles
N° 5990

Le parfum des dieux, *suivi de :* L'amour et Lucia
N° 6231

Ola et le marquis, *suivi de :* Un amour de légende
N° 6354

6508

Composition Interligne B-Liège
Achevé d'imprimer en France (Manchecourt)
par Maury-Eurolivres
le 24 février 2003.
Dépôt légal février 2003. ISBN 2-290-32897-9

Éditions J'ai lu
84, rue de Grenelle, 75007 Paris
Diffusion France et étranger : Flammarion